Jack Kerouac

Satori em Paris

Tradução de Lúcia Brito

www.lpm.com.br

L&PM POCKET

Coleção **L&PM** POCKET, vol. 854

Texto de acordo com a nova ortografia.
Título original: *Satori in Paris*

Primeira edição na Coleção **L&PM** POCKET: março de 2010
Esta reimpressão: novembro de 2013

Tradução: Lúcia Brito
Capa: Marco Cena
Preparação: Bianca Pasqualini
Revisão: Patrícia Rocha

CIP-Brasil. Catalogação na fonte
Sindicato Nacional dos Editores de livros, RJ

K47s

Kerouac, Jack, 1922-1969
   Satori em Paris / Jack Kerouac ; tradução de Lúcia Brito. – Porto Alegre, RS: L&PM, 2013.
   128p. ; 18cm   (Coleção L&PM POCKET ; v. 854)

   Tradução de: *Satori in Paris*
   ISBN 978-85-254-1989-7

  1. Geração beat - Ficção. 2. Romance americano. I. Brito, Lúcia. II. Título. III. Série.

09-6300.   CDD: 813

                CDU: 821.111(73)-3

Copyright © Jack Kerouac, 1966.

Todos os direitos desta edição reservados a L&PM Editores
Rua Comendador Coruja, 314, loja 9 – Floresta – 90220-180
Porto Alegre – RS – Brasil / Fone: 51.3225.5777

Pedidos & Depto. comercial: vendas@lpm.com.br
Fale conosco: info@lpm.com.br
www.lpm.com.br

Impresso no Brasil
Primavera de 2013

1

EM ALGUM MOMENTO AO longo de meus dez dias em Paris (e na Bretanha) recebi uma iluminação de algum tipo que parece ter me modificado outra vez, rumo ao que suponho que vai ser meu padrão por outros sete anos ou mais: com efeito, um *satori*: a palavra japonesa para "iluminação súbita", "despertar súbito", ou simplesmente "chute no olho". – Seja o que for, alguma coisa aconteceu *mesmo* e em meus primeiros devaneios depois da viagem e estou de volta em casa reagrupando todos os eventos saborosos e confusos daqueles dez dias, parece que o satori me foi transmitido por um motorista de táxi chamado Raymond Baillet, outras vezes acho que pode ter sido meu medo paranoico nas ruas nevoentas de Brest Bretanha às três da madrugada, outras vezes acho que foi Monsieur Casteljaloux e sua estonteante e deslumbrante secretária (uma bretã de cabelo negro-azulado, olhos verdes, dentes dianteiros separados com perfeição em comestíveis lábios, suéter de tricô de lã branca, com pulseiras de ouro e perfume), ou o garçom que me disse "*Paris est pourri*" (Paris está podre) ou a apresentação do *Réquiem* de Mozart na velha igreja de St-Germain-des-Prés com violinistas exultantes sacudindo os ombros de alegria porque tantas pessoas distintas tinham aparecido apinhando os bancos e as cadeiras especiais (e do lado de fora tem névoa) ou, em nome dos Céus, *o quê?* As três alamedas retilíneas dos Jardins das Tulherias? Ou o balanço turbulento da ponte sobre o ribombante e festivo Sena que cruzei segurando meu chapéu e sabendo que não era a ponte (aquela provisória no Quai des Tuileries) mas eu mesmo balançando pelo excesso de conhaque e nervos e nenhum sono e avião a jato desde a Flórida doze horas com ansiedades de aeroporto, ou bares, ou angústias, se interpondo?

Como em um livro autobiográfico anterior vou usar meu verdadeiro nome aqui, Jean-Louis Lebris de Kérouac, porque esta história é sobre minha busca por esse nome na França, e não temo revelar o verdadeiro nome de Raymond Baillet aos olhos do público porque tudo que tenho a dizer sobre ele, em conexão com o fato de que ele pode ter sido a causa de meu satori em Paris, é que ele era educado, bondoso, eficiente, bacana, discreto e muitas outras coisas e principalmente apenas um taxista que por acaso me conduziu para o aeroporto de Orly em meu trajeto de volta da França para casa: e com certeza ele não terá problemas por causa disso – E além disso provavelmente nunca vai ver seu nome impresso porque há tantos livros sendo publicados hoje em dia na América e na França que ninguém tem tempo de estar a par de todos eles, e se ficar sabendo por alguém que seu nome aparece em um "romance" americano ele provavelmente nunca vai descobrir onde comprar o livro em Paris, isso se algum dia o livro for traduzido, e se ele encontrar, não vai ficar ofendido ao

ler que ele, Raymond Baillet, é um grande cavalheiro e taxista que por acaso impressionou um americano durante uma corrida até o aeroporto.
Compris?

2

MAS COMO DIGO NÃO SEI como obtive aquele Satori e a única coisa a fazer é começar do princípio e talvez eu descubra bem no meio da história e siga em regozijo até o fim dela, a história que é contada por nenhum outro motivo a não ser companheirismo, que é outra definição (e a minha favorita) de literatura, a história que é contada pelo companheirismo e para ensinar algo religioso, ou reverência religiosa, sobre a vida real, nesse mundo real que a literatura deveria refletir (e aqui o faz).

Em outras palavras, e depois disso vou calar a boca, histórias e romances inventados sobre o que aconteceria SE são para crianças e adultos cretinos que têm medo de ler sobre si mesmos em um livro assim como teriam medo de olhar no espelho quando estivessem doentes ou feridos ou de ressaca ou *insanos*.

3

Este livro vai dizer, com efeito, tenha pena de todos nós, e não fique furioso comigo por escrever.

Eu vivo na Flórida. Ao chegar em Paris sobrevoando seus subúrbios no grande jato da Air France notei o quanto a zona rural do norte é verdejante no verão, por causa das neves do inverno que se derretem naquela campina irregular escorregadia. Mais verde do que qualquer terra de palmeiras jamais poderia ser, e especialmente em junho antes de agosto (août) ter ressecado tudo. O avião aterrissou sem o solavanco da Geórgia. Estou me referindo aqui ao avião lotado de respeitáveis e proeminentes atlantenses todos carregados de presentes por volta de 1962 e rumando de volta a Atlanta quando o avião adentrou uma fazenda e todo mundo morreu, ele nem chegou a sair do solo e metade de Atlanta se foi e todos os presentes foram espalhados e queimados pelo aeroporto inteiro, uma grande tragédia cristã não por culpa do governo francês em absoluto visto que pilotos e tripulação eram todos cidadãos franceses.

O avião tocou o solo direito e cá estávamos em Paris numa fria manhã cinzenta de junho.

No ônibus do aeroporto um americano expatriado fumava seu cachimbo calma e alegremente e falava com seu camarada recém-chegado em outro avião de Madri ou coisa assim. Em meu avião não conversei com a pintora americana cansada porque a garota adormeceu sobre a Nova Escócia no frio solitário após a exaustão de Nova York e de ter tido que pagar um milhão de drinques para as pessoas que estavam lá de babysitter para ela – nada da minha conta de qualquer forma. Em Idlewild ela indagou se eu estava indo em busca de uma antiga namorada em Paris: – não. (Eu bem que devia.)

Pois eu fui o mais solitário dos homens em Paris se isso é possível. Eram seis da manhã e chovia e peguei o ônibus do aeroporto para a cidade, até perto de Les Invalides, e depois um táxi na chuva e perguntei ao motorista onde Napoleão estava sepultado porque eu sabia que era em algum lugar ali perto, não que isso importe, mas depois de um período que achei que fosse um silêncio mal-humorado ele finalmente apontou e disse "*là*" (ali).

Eu estava todo assanhado para ver a Sainte Chapelle onde St Louis, Rei Luís IX da França, havia colocado um pedaço da Cruz Verdadeira. Não fiz isso a não ser dez dias depois ao passar zunindo no táxi de Raymon Baillet e ele mencionar. Também estava todo assanhado para ver a igreja de St Louis de France na Île de St Louis no rio Sena, porque esse é o nome da minha igreja de batismo em Lowell, Massachusetts. Então finalmente cheguei lá e me sentei de chapéu na mão observando uns caras de casacos vermelhos soprar trombetas compridas no altar para o órgão no andar de cima, lindas *cansòs* ou cantatas medievais de dar água na boca de Handel, e de repente uma mulher com os filhos e o marido passa e joga vinte cêntimos (4¢) em meu pobre chapéu torturado e mal compreendido (que eu segurava virado ao contrário em assombro), a fim de ensinar para eles *caritas*, ou caridade amorosa, que eu aceitei de modo a não constranger seus instintos de ensino, ou os garotos, e em casa na Flórida minha mãe disse "Por que você não colocou os vinte cêntimos na caixa de esmola" o que eu esqueci. Não valia a pena ficar pensando naquilo e além disso a primeira coisa que fiz em Paris depois de me lavar no quarto do hotel (com uma enorme parede redonda nele, creio que abrigando a chaminé) foi dar um franco (20¢) para uma pedinte francesa com pústulas, dizendo, "*Un franc pour la française*" (Um franco para a francesa) e mais tarde dei um franco para um pedinte em St-Germain a quem então gritei: "*Vieux voyou!*" (Velho vagabundo!) e ele riu e disse: "O quê? – *Vaga*-bundo?" Eu disse "Sim, você não pode enganar um velho franco-canadense" e hoje me pergunto se magoei ele porque o que eu realmente queria dizer era "Guenigiou" (trapeiro) mas saiu "voyou".

É Guenigiou.

(Trapeiro deve ser grafado "genillou", mas não é assim que aparece no francês de trezentos anos de idade que foi preservado intacto em Quebec e ainda é entendido nas ruas de Paris para não falar dos celeiros de feno do Norte.)

Ao descer os degraus daquela magnífica igreja de La Madeleine havia um velho e vagabundo com ares nobres em uma batina completa e de barba cinzenta, nem ortodoxo nem patriarca, provavelmente apenas um antigo membro da Igreja Siríaca; ou isso ou um surrealista pregando uma peça? Não...

4

Vamos começar do começo.

O altar de La Madeleine é uma escultura gigantesca dela (Maria Madalena) grande como um quarteirão de cidade e cercado de anjos e arcanjos. Ela tem as mãos estendidas num gesto michelangelesco. Os anjos têm enormes asas recurvadas. O lugar é do comprimento de um quarteirão inteiro. É um prédio comprido e estreito, uma igreja das mais estranhas. Nada de torres em agulha, nada de gótico, mas suponho que no estilo de templo grego. (Por que raios você esperaria, ou esperou, que eu fosse ver a Torre Eiffel feita de vigas de aço Bucky Buckmaster e ozônio? Tem algo mais sem graça que pegar um elevador e ficar como se tivesse pego caxumba por estar a quatrocentos metros no ar? Eu já fiz isso no Hempire State Building à noite no nevoeiro com meu editor.)

O táxi me levou para o hotel que suponho que fosse uma pensão suíça mas o recepcionista da noite era um etrusco (mesma coisa) e a camareira estava ofendida comigo porque eu mantinha meu quarto e mala chaveados. A senhora que gerenciava o hotel não ficou satisfeita quando inaugurei minha primeira noite com uma louca sessão de sexo com uma mulher da minha idade (43). Não posso fornecer seu nome verdadeiro mas é um dos nomes mais antigos da história francesa, muitíssimo anterior a Carlos Magno, e ele era um Pepino. (Príncipe dos francos.) (Descendente de Arnulfo, L'Évêque de Metz.) (Imagine ter que lutar contra frísios, alamanos, bávaros *e* mouros.) (Neto de Plectrude.) E essa gata idosa era a mais louca trepada imaginável. Como posso entrar em tais detalhes sobre assuntos de toalete. Ela realmente me fez ficar vermelho a certa altura. Eu devia dizer a ela para meter a cabeça na "poizette" mas claro (isso é toalete em francês antigo) que ela era encantadora demais para palavras. Encontrei ela em um bar de fim de noite de gângsters de Montparnasse sem gângsters por perto. Ela me fisgou. Também quer casar comigo, naturalmente, pois que sou um grande parceiro de cama ao natural e um cara bacana. Dei a ela $120 para a educação de seu filho, ou para um par novo dos velhos sapatos do uniforme escolar. Ela arruinou mesmo meu orçamento. Ainda tive dinheiro suficiente para no dia seguinte sair para comprar o *Livres des Snobs* de William Makepeace Thackeray na Gare St-Lazare. Não é uma questão de dinheiro mas de almas se divertindo. Na velha igreja de St-Germain-des-Prés na tarde seguinte vi várias francesas parisienses praticamente chorando enquanto rezavam sob uma velha parede manchada de sangue e fustigada pela chuva. Eu disse, "Arrá, *les femmes de Paris*" e vi a grandeza de Paris que consegue chorar pelas loucuras da Revolução e ao mesmo tempo se regozija por ter se livrado de todos aqueles nobres de nariz empinado, dos quais sou um descendente (Príncipes da Bretanha).

5

CHATEAUBRIAND FOI UM escritor impressionante que queria casos amorosos à moda antiga e de uma ordem mais elevada dos que a Ordem proporcionava na França de 1790 – queria algo extraído de um folhetim medieval, uma moça vem pela rua e olha para ele direto, com fitas e uma avó costurando, e naquela noite a casa pega fogo. Eu e minha Pepino tivemos nosso saudável encontro em um momento ou outro de minha muito sossegada bebedeira e fiquei satisfeito, mas no dia seguinte não queria mais saber dela porque ela queria *mais* dinheiro. Disse que ia me levar para uma volta na cidade. Falei que ela me devia muito mais serviços, turnos, coisinhas e detalhezinhos.

"*Mais oui.*"

Mas deixei o etrusco despistar ela pelo telefone.

O etrusco era pederasta. O que não me interessa, mas $120 era ir longe demais. O etrusco disse que era um italiano das montanhas. Não me importo e não sei se ele era mesmo pederasta ou não, e não devia ter dito isso, mas ele era um garoto legal. Então saí e tomei um porre. Eu estava prestes a encontrar algumas das mulheres mais bonitas do mundo mas o departamento de cama estava encerrado porque agora eu estava ficando doidão de bêbado mesmo.

6

É DIFÍCIL DECIDIR O QUE contar numa história, e pareço sempre tentar provar alguma coisa, vírgula, sobre meu sexo. Vamos esquecer isso. É só que às vezes fico terrivelmente solitário, e a companhia de uma mulher detona com isso.

Assim passei o dia inteiro em St-Germain procurando o bar perfeito e achei. *La Gentilhommière* (Rue St Andrés des Arts, que me é indicada por um gendarme) – Bar da Dama Gentil – E quão gentil você pode ser com aquela figurinha de cabelo loiro todo matizado de dourado? "Ó queria ser bonito" eu digo mas todas me garantem que sou bonito – "Certo então sou um velho bêbado safado" – "Você que o diga" –

Eu fito dentro dos olhos dela – disparo o golpe duplo dos olhos azuis como tiro de misericórdia – Ela se deixa seduzir.

Entra uma adolescente árabe de Argel ou Túnis, com um delicado narizinho aquilino. Estou ficando fora de mim porque enquanto isso estou trocando centenas de gracejos franceses e conversando com Príncipes negros do Senegal, poetas surrealistas bretões, boulevardiers em trajes impecáveis, ginecologistas libidinosos (da Bretanha), um bartender angelical grego chamado Zorba, e o proprietário é Jean Tassart maneiro e calmo na caixa registradora e com um ar vagamente depravado (embora de fato um pacato pai de família que por acaso é parecido com Rudy Loval meu velho camarada de Lowell Massachusetts que tinha tal reputação aos quatorze por seus muitos *amours* e tinha aquele mesmo perfume de aspecto insinuante). Para não mencionar Daniel Maratra o outro bartender, um árabe ou judeu alto e esquisito, em todo caso um semita, cujo nome soava como as trombetas diante das muralhas de Granada: e o mais terno atendente de bar que já se viu.

No bar está uma mulher que é uma adorável *amoureuse* espanhola ruiva de quarenta anos que se toma de agrado de verdade por mim, pior ainda que me leva a sério, e marca um encontro para nós a sós: encho a cara e esqueço. Do alto-falante vem interminável jazz moderno americano de uma fita. Para compensar pelo esquecimento do encontro com Valarino (a beldade espanhola ruiva) compro uma tapeçaria para ela no Quai, de um jovem gênio holandês, dez pratas (gênio holandês cujo nome em holandês, Beere, significa "píer" em inglês). Ela anuncia que vai redecorar sua sala por causa da tapeçaria mas não me convida para ir lá. O que eu ia fazer com ela não seria permitido nessa Bíblia mas ia ser grafado A M O R.

Fico tão doido que vou para a zona de meretrício. Um milhão de facínoras com adagas circulam por ali. Entro em um corredor e vejo três damas da noite. Anuncio com um olhar americano lascivo "*Sh'prend la belle brunette*" (Fico com a bela morena) – A morena esfrega os olhos, garganta, ouvidos e coração e diz "Não vou mais aceitar isso". Saio com o passo pesado e abro meu canivete suíço com a cruz, pois suspeito estar sendo seguido por assaltantes e bandidos franceses. Corto meu dedo e sangro por tudo. Volto para meu quarto de hotel sangrando por todo o saguão. A essa altura a suíça está me perguntando quando vou embora. Digo "Vou embora assim que verificar minha família na biblioteca". (E acrescento para mim mesmo: "O que você sabe sobre *les Lebris de Kérouacks* e seu lema de Amor Sofrimento e Trabalho seu velho traste burguês burro".)

7

Então vou à biblioteca, la Bibliothèque Nationale, para checar a lista de oficiais no exército de Montcalm em Quebec em 1756, e também o dicionário de Louis Moréri, e Père Anselme etc., todas as informações sobre a casa real da Bretanha, e não tem nada nem ali e finalmente na Biblioteca Mazarine a velha e doce Madame Oury a bibliotecária-chefe me explica pacientemente que os nazistas bombardearam e queimaram todos seus documentos franceses em 1944, algo de que eu tinha me esquecido em meu ardor. Ainda assim farejo algo de suspeito na Bretanha – De Kérouack não deveria estar registrado na França se já estava registrado no British Museum de Londres? – Digo isso a ela –

Você não pode fumar nem mesmo no banheiro da Bibliothèque Nationale e nem pode dar uma palavrinha discreta com as secretárias e há um orgulho nacional a respeito de todos "eruditos" lá sentados copiando dos livros e não deixariam nem John Montgomery entrar (John Montgomery que esqueceu seu saco de dormir na escalada do Matterhorn e é o melhor bibliotecário e erudito da América e é inglês) –

Enquanto isso tenho que voltar e ver como vão as gentis damas. Meu taxista é Roland Ste Jeanne d'Arc de la Pucelle que me diz que todos os bretões são "corpulentos" como eu. As damas me beijam nas duas bochechas ao estilo francês. Um bretão chamado Goulet está se embebedando comigo, jovem, 21 anos, olhos azuis, cabelos negros, e de repente agarra a Loirinha e a apavora (com os outros caras aderindo), quase um estupro, ao qual eu e o outro Jean, Tassart, damos fim: "Certo!" "*Arrête!*" –

"Fiquem frios", eu acrescento.

Ela é bonita demais para palavras. Digo a ela: "*Tu passe toutes la journée dans maudite* salão de beleza?" (Você passa o dia inteiro no maldito salão de beleza?)

"*Oui.*"

Enquanto isso vou até os famosos cafés no boulevard e sento ali e assisto Paris passar, que antenados os rapazes, motocicletas, bombeiros do Iowa em passeio.

8

A GAROTA ÁRABE SAI COMIGO, convido ela para ver e ouvir uma apresentação do *Réquiem* de Mozart na velha igreja de St-Germain-des-Prés, da qual fiquei sabendo em uma visita anterior e vi o pôster anunciando. Está cheio de gente, abarrotado, pagamos na porta e entramos na sem dúvida mais *distingué* reunião de Paris naquela noite, e como eu digo lá fora tem nevoeiro, e seu delicado narizinho aquilino tem lábios rosa abaixo dele.

Ensino-lhe o cristianismo.

Mais tarde nos agarramos um pouco e ela vai para a casa dos pais. Ela quer que eu a leve à praia em Túnis, fico me perguntando se vou ser esfaqueado por árabes ciumentos na praia de Bikini e naquela semana Boumedienne depôs e *dis*pôs de Ben Bella e aquela teria sido uma bela embrulhada, e agora eu também não tinha dinheiro e me pergunto por que ela queria aquilo: – me disseram onde transar nas praias do Marrocos.

Simplesmente não sei.

Acho que as mulheres me amam e então percebem que estou embriagado por tudo no mundo e isso as faz perceber que não posso me concentrar apenas nelas, por muito tempo, isso deixa elas com ciúmes, e sou um tolo Apaixonado por Deus. Sim.

Além disso, libidinagem não é comigo e me faz corar: – depende da Dama. Ela não era meu estilo. A loira francesa era, mas jovem demais para mim.

No futuro vou ser conhecido como o tolo que cavalgou pela Mongólia num pônei: Gengis Khan, ou o Idiota Mongol, *ou*. Bem não sou um idota, e gosto das damas, e sou educado, mas imprudente, como Ippolit, meu primo da Rússia. Um velho caroneiro de San Francisco, chamado Joe Inhat, proclamou que meu nome era um antigo nome russo que significava "Amor". Kerouac. Eu disse: "Então eles foram para a Escócia?"

"Sim, a seguir Irlanda, depois Cornualha, Gales e Bretanha, e o resto você sabe."

"*Ruus*so?"

"Significa Amor."

"Você está brincando."

– Ah, e então percebi, "claro, da Mongólia e dos Khans, e antes disso, esquimós do Canadá e da Sibéria. Tudo dá a volta ao mundo, para não falar da Pérsia Nem-Pensar." (Arianos.)

Em todo caso eu e o bretão Goulet fomos a um bar maligno onde uma centena de parienses variados ouviam com sofreguidão um bate-boca entre um branco e um negro. Saí de lá depressa e deixei que ele se virasse por lá, encontrei ele de novo no La Gentilhommière, deve ter estourado alguma briga, nem sei, eu não estava lá.

Paris não é fácil.

9

O FATO É, COMO VOCÊ pode ser ariano quando é esquimó ou mongol? Aquele velho Joe Ihnat tinha falado só merda, a menos que quisesse dizer Rússia. Velho Joe Tolstói deveríamos ter buscado.

Por que continuar falando dessas coisas? Porque minha professora de gramática na escola era a srta. Dineen, que hoje é Irmã Maria de São Jaime no Novo México (Jaime era um filho de Maria, como Judas), e ela escreveu: "Lembro bem de Jack e sua irmã Carolyn (Ti Nin) como crianças amistosas e cooperativas de raro encanto. Fomos informados de que seus parentes vieram da França, e que o nome era De Kerouac. Sempre achei que eles possuíam a dignidade e o refinamento de aristocratas."

Menciono isso para mostrar que existem bons modos.

Meus modos, por vezes abomináveis, podem ser meigos. Virei um bêbado enquanto envelhecia. Por quê? Porque gosto do êxtase da mente.

Sou um Desgraçado.

Mas amo o amor.

(*Capítulo Estranho*)
10

Não só isso mas não se tem uma noite de sono na França, são tão nojentos e barulhentos às oito da manhã já gritando diante do pão fresquinho que fariam a Abominação chorar. Pode crer. O café forte quente com *croissants* e pão francês com crosta crocante e manteiga bretã deles, credo, cadê minha cerveja alsaciana?

Casualmente, enquanto procurava a biblioteca, um gendarme na Place de la Concorde me disse que a Rue de Richelieu (rua da Biblioteca Nacional) ficava praquele lado, apontando, e como ele era um oficial fiquei com medo de dizer "*O quê?...* NÃO!" porque eu sabia que era em algum lugar para o lado oposto – Aqui ele é uma espécie de sargento ou coisa assim que certamente tem que conhecer as ruas de Paris e dá uma informação furada para um turista americano. (Ou ele acreditou que eu fosse um francês espertinho passando a perna nele? visto que meu francês *é* francês) – Mas não, ele aponta na direção de um dos prédios de segurança de De Gaulle e me manda para lá quem sabe pensando "Aquela é a Biblioteca Nacional certo, ha ha ha" ("talvez eles fuzilem esse rato do Quebec") – Quem sabe? Qualquer gendarme parisiense de meia-idade tem que saber onde fica a Rue de Richelieu – Mas pensando bem ele pode estar certo e eu posso ter cometido um erro ao estudar meu mapa de Paris lá em casa vou na direção que ele aponta, com medo de ir em qualquer outra, e sigo para dentro da Champs-Elysées depois cruzo o parque verde úmido e a Rue Gabriel até os fundos de algum tipo de prédio importante do governo onde de repente vejo um posto de sentinela e dali sai um guarda de baioneta com todas as insígnias da Guarda Republicana (como Napoleão com um chapéu de pontas) e ele fica em posição de sentido e segura a baioneta em *Apresentar Armas* mas na verdade não é para mim, é para uma limusine preta recém-surgida cheia de guarda-costas e caras de terno preto que recebem uma saudação da outra sentinela e passam zunindo – eu sigo e passo pela sentinela de baioneta e pego minha cigarreira Camel de plástico para acender uma bagana – No mesmo momento dois gendarmes passam por mim na direção oposta observando cada movimento que faço – No fim estou apenas acendendo uma bagana mas como eles podem saber? era de *plástico* e tudo mais – E essa é a maravilhosa segurança rígida ao redor do conhecido palácio de De Gaulle que fica a poucas quadras dali.

Vou até o bar da esquina para tomar um conhaque sozinho na mesa fria ao lado da porta aberta.

O garçom é muito educado e me diz exatamente como chegar à biblioteca: direto pela St-Honoré depois cruzando a Place de la Concorde e então Rue Rivoli direto para o Louvre e à esquerda na Richelieu até dar de cara com a biblioteca.

Mas como pode um turista americano que não fala francês circular por tudo isso? Ainda mais eu?

Para saber o nome da rua do posto da sentinela eu teria que encomendar um mapa da CIA.

11

UMA BIBLIOTECA SEVERA e estranha em estilo paroquial, la Bibliothèque Nationale na Rue de Richelieu, com milhares de eruditos e milhões de livros e bibliotecários assistentes estranhos com vassouras de Mestre Zen (na realidade aventais franceses) que admiram a bela *caligrafia* mais do que qualquer coisa em um erudito ou escritor – Aqui, você se sente como um gênio americano que escapou das regras do Le Lycée (o Ginásio francês).

Tudo que eu queria era: *Histoire généalogique de plusieurs maisons illustres de Bretagne, enrichie des arms et blasons d'icelles...* etc por Fr Augustin Du Paz, Paris. N.Buon, 1620, Folio Lm^2 23 et Rés. Lm 23.

Acha que consegui? Nem a pau –

E eu também queria: – Père Anselme de Saint Marie. (*né* Pierre de Guibours), sua *Histoire de la maison royale de France, des puirs, grands officiers de la couronne et de la maison du roy et des anciens barons due royaume,* R. P. Anselme, Paris, E. Loyson 1674, Lm^3 397, (História da casa real da França, e também, dos grandes oficiais da coroa e da casa do rei e dos antigos barões do reino), sendo que tive que escrever tudo isso no maior capricho que eu podia nos cartões de consulta e o velho de avental disse para a velha senhora bibliotecária "Está bem escrito" (referindo-se à legibilidade da caligrafia). Claro que todos eles sentiam o cheiro de bebida em mim e pensavam que eu era um doido mas ao verem que eu sabia como pedir certos livros todos voltavam para os enormes arquivos e prateleiras poeirentos que iam até o teto e tinham que subir em escadas altas o bastante para fazer Finnegan cair de novo com um ruído ainda maior do que o de *Finnegans Wake*, sendo este o ruído do nome, o verdadeiro nome que os budistas indianos dão ao Tathagata ou àquele que cruzou o Éon Priyadavsana há Incalculáveis Éons: – Aqui vamos nós, Finn:

GALADHARAGARGITAGHOSHASUSVARA-
NAKSHATRARAGASANKUSUMITABHIGNA.

Só menciono isso para mostrar que se não conhecesse bibliotecas, e especificamente a maior biblioteca do mundo, a Biblioteca Pública de Nova York onde entre milhares de outras coisas copiei esse longo nome sânscrito exatamente como está grafado, então por que eu haveria de ser observado com suspeita na Biblioteca de Paris? Claro que já não sou mais jovem e "cheiro a bebida" e até converso com interessantes eruditos judeus na biblioteca de lá (um tal Éli Flamand que copiava notas para uma história da arte da Renascença e que gentilmente me ajudou tanto quanto podia), mas não sei, parecia que pensaram mesmo que eu era doido quando viram o que pedi, o que copiei de seus arquivos *incorretos* e incompletos, não tudo que mostrei acima sobre Père Anselme conforme escrito nos arquivos completamente corretos de Londres, conforme descobri posteriormente onde os registros nacionais não tinham sido destruídos por incêndio, eles viram o que eu havia pedido, que não estava de acordo com os títulos dos velhos livros que eles tinham nos fundos, e quando viram meu nome Keroauc mas com um "Jack" na frente, como se eu fosse Johann Maria Philipp Frimont von Palota viajando de repente de Staten Island para a Biblioteca de Viena e assinando meu nome nos cartões de consulta como Johnny Pelota e pedindo a *Genealogia augustae gentis Habsburgicae* (título incompleto) de Hergott e meu nome não grafado "Palota", como deveria, assim como meu nome verdadeiro deveria ser grafado "Kerouack", mas tanto o do velho Johnny como o meu passaram por tantos séculos de guerras genealógicas e cristas e cacatuas e goles e combates contra Fitzwilliams, agh –

Não importa.

E além do mais tudo foi há muito tempo e é inútil a menos que você consiga encontrar os monumentos da família nos campos, como no meu caso vou reivindicar os malditos dólmens de Carnac? Ou vou reivindicar a linguagem córnica que se chama kernuack? Ou algum velho castelinho num penhasco de Kenedjack na Cornualha ou um dos "centenas" de chamados de Kerrier na Cornualha? Ou a própria Cornouialles além dos limites de Quimper e Keroual? (Bretanha).

Bem eu estava tentando descobrir coisas sobre minha velha família, fui o primeiro Lebris de Kérouack a um dia voltar à França em 210 anos para descobrir e eu planejava ir à Bretanha e a seguir à Cornualha-Inglaterra (terra de Tristão e do rei Marcos) e depois eu chegaria à Irlanda e encontraria Isolda e como Peter Sellers levaria um murro na cara num pub de Dublin.

Ridículo, mas o conhaque me deixou tão feliz que iria tentar.

A biblioteca inteira gemia com o entulho acumulado de séculos de besteiras registradas, como se você tivesse que registrar besteiras no Velho ou no Novo Mundo, como meu armário e seu incrível entulho de velhas cartas esparramadas aos milhares, livros, pó, revistas, tabelas de jogo de beisebol da infância, parecido com quando eu acordei na outra noite de um sonho puro e gemi ao pensar que é isso que estava fazendo em minhas horas desperto: me sobrecarregando com um lixo que nem eu nem mais ninguém realmente queremos ou do qual jamais lembraremos no Paraíso.

Em todo caso, um exemplo de minhas dificuldades na biblioteca. Não me trouxeram aqueles livros. Acho que eles teriam se despedaçado se eu os abrisse. O que devia ter feito mesmo é dizer pra bibliotecária chefe: – "Vou te colocar numa ferradura e te dar prum cavalo usar na Batalha de Chickamauga."

12

Enquanto isso fiquei perguntando para todo mundo em Paris "Onde Pascal está sepultado?" "Onde fica o cemitério de Balzac?" Alguém finalmente me disse que Pascal com certeza deve ter sido sepultado fora da cidade, num convento jansenista de Port Royal, perto de sua irmã devota, e quanto ao cemitério de Balzac eu não queria ir a cemitério nenhum à meia-noite (Père Lachaise), e enquanto voávamos em uma louca corrida de táxi às três da madrugada perto de Montparnasse berraram "Olha lá o Balzac! A estátua dele na praça!"

"Parem o táxi"!" e eu desci, tirei o chapéu numa mesura arrebatada, vi a estátua vagamente cinzenta nas ruas embriagadas enevoadas, e foi isso aí. E como poderia achar o caminho para Port Royal se mal conseguia achar o caminho de volta para o hotel?

E além disso eles não estão mesmo lá, só seus corpos.

13

Paris é mesmo um lugar onde você pode andar à noite e encontrar o que não quer, Ó Pascal.

Tentando ir para a Ópera uma centena de carros surgiu de uma esquina sem ângulo de visão e como todos os outros pedestres esperei que passassem e então todos começaram a atravessar mas eu esperei uns segundos olhando os outros carros que surgiram, vindos das seis direções – Então dei um passo para fora da calçada e um carro veio sozinho por aquela curva como retardatário em uma corrida em Mônaco e vinha direto na minha direção – dei um passo para trás na hora – Ao volante um francês completamente convencido de que ninguém tem o direito de viver ou de chegar à amante tão depressa quanto ele – Como nova-iorquino eu corro para me esquivar do zunido desenfreado do trânsito ruidoso de Paris mas os parisienses apenas param e depois andam em ritmo de passeio e os motoristas que parem – e por Deus que funciona, vi dúzias de carros a 110 quilômetros por hora cantando pneus para deixar algum pedestre passar!

Eu estava indo à Ópera também para comer em qualquer restaurante que parecesse bacana, era uma de minhas noites sóbrias dedicadas a solitárias caminhadas contemplativas, mas Ó que soturnos prédios góticos chuvosos e eu caminhando bem pelo meio daquelas calçadas largas para evitar umbrais escuros – Que panorama da Noite da Cidade Lugar Nenhum e chapéus e sombrinhas – não consegui nem comprar um jornal – Milhares de pessoas saíam de alguma apresentação em algum lugar – Fui a um restaurante lotado no Boulevard des Italiens e sentei no canto do bar sozinho em um banco alto e observei, molhado e desamparado, enquanto garçons misturavam guisado cru com molho inglês e outras coisas e outros garçons se apressavam segurando bandejas fumegantes de boa comida – O balconista simpático trouxe o cardápio e cerveja alsaciana e disse a ele para esperar um pouco – Ele não entendeu aquilo, beber sem comer de imediato, porque ele compartilha do segredo dos encantadores comensais franceses: – de início eles se atiram em *hors d'oeuvres* e pão, e a seguir mergulham nas entradas (isso é praticamente sempre antes mesmo de um gole de vinho) e então reduzem o ritmo e começam a ir com calma, agora um vinho para lavar a boca, depois vem a *conversa*, e aí a segunda metade da refeição, vinho, sobremesa e café, um troço que não consigo fazer.

Em todo caso estou bebendo minha segunda cerveja e lendo o cardápio e reparo em um cara americano sentado a cinco bancos mas ele tem um ar tão desprezível em sua absoluta repugnância por Paris que temo dizer "Ei, você é americano?" – Ele foi para Paris esperando acabar embaixo de uma cerejeira em flor ao sol com garotas bonitas no colo e gente dançando ao redor, em vez disso perambula sozinho por ruas chuvosas em meio a toda aquela babel, não sabe nem onde fica a zona de meretrício, nem Notre Dame, nem um pequeno café sobre o qual lhe falaram lá no bar do Glennon na Terceira Avenida, *nada* – Ao pagar o sanduíche ele literalmente atirou o dinheiro em cima do balcão "Vocês não me ajudariam a calcular qual é o valor real mesmo, e além do mais enfiem isso no seu vocês-sabem-o-que vou voltar para as minhas velhas ligações em Norfolk e encher a cara com Bill Eversole na casa de apostas e todas as outras coisas que vocês franceses burros não conhecem", e saiu marchando com a pobre capa de chuva incompreendida e as galochas desiludidas –

Então entram duas professoras americanas do Iowa, irmãs fazendo uma grande viagem a Paris, acho que pegaram um quarto de hotel virando a esquina e não saíram dele exceto para andar nos ônibus turísticos que as pegam na porta, mas elas sabem que esse é o restaurante mais próximo e vieram apenas comprar duas laranjas para amanhã de manhã porque as únicas laranjas na França aparentemente são valências importadas da Espanha e caras demais para algo tão voraz quanto um simples e rápido *desjejum*. Assim para meu espanto ouço os primeiros sons nítidos de fala americana em uma semana: – "Você tem laranjas aqui?"

"*Pardon?*" – o balconista.

"Elas estão naquele recipiente de vidro", diz a outra garota.

"Certo – vê?" apontando, "duas laranjas", e mostrando dois dedos, e o balconista pega as duas laranjas e as coloca em um saco e diz asperamente pela garganta com aqueles "r"s parisienses árabes:-

"*Trois francs cinquante.*" Em outras palavras, 35¢ cada laranja mas as irmãs não se importam com o preço e além disso não entendem o que ele disse.

"O que *isso* significa?"

"*Pardon?*"

"Certo, vou estender a mão e você pega seu kwok-kowk-kwork daqui, tudo o que queremos são as laranjas" e já na porta as duas senhoras irrompem em gargalhadas estridentes e o cara retira educadamente três francos e cinquenta centavos da mão dela, deixando o troco, e elas saem felizes por não estarem sozinhas como aquele sujeito americano –

Pergunto ao meu balconista o que é bem bom e ele diz chucrute alsaciano e traz – É apenas cachorro-quente, batatas e chucrute, mas uns cachorros-quentes macios como manteiga e com um sabor delicado como o aroma de vinho, manteiga e alho cozinhando juntos e flutuando porta afora da cozinha de um café – O chucrute não é melhor que na Pennsylvania, batatas nós temos do Maine a San Jose, mas ah, é, esqueci: – com tudo isso, por cima, vem uma estranha tira de bacon suave que realmente parece presunto e é o melhor bocado de tudo.

Eu vim para a França para não fazer nada além de caminhar e comer e essa foi minha primeira refeição e minha última, dez dias.

Mas voltando ao que disse a Pascal, quando estava saindo do restaurante (paguei 24 francos ou quase $5 por aquele prato simples) ouvi um uivo no boulevard chuvoso – Um maníaco argelino tinha enlouquecido e estava gritando com todo mundo e segurando uma coisa que não consegui ver, uma faca ou objeto muito pequeno ou um anel pontudo ou alguma coisa – tive que parar na porta – As pessoas corriam apavoradas – Não quis ser *visto* por ele saindo às pressas – Os garçons saíram e observaram comigo – Ele se aproximou de nós dando estocadas nas cadeiras de vime do lado de fora – O chefe dos garçons e eu olhamos com calma um nos olhos do outro como que dizendo "Estamos juntos nisso?" – Mas meu balconista começou a falar com o árabe maluco, que na verdade era loiro e provavelmente meio francês meio argelino, e aquilo virou uma espécie de conversa e eu dei a volta e fui para casa sob uma chuva forte, tive que pegar um táxi.

Capas de chuva românticas.

14

No meu quarto de hotel olhei minha mala arrumada com tanta perfeição para essa grande viagem cuja ideia toda começou no inverno anterior na Flórida lendo Voltaire, Chateaubriand, de Montherlant (cujo último livro era até agora exibido nas vitrines de Paris, "O Homem que Viaja Sozinho é um Demônio" – Estudando mapas, planejando caminhar por tudo, comer, encontrar a cidade natal de meus ancestrais na Biblioteca e então ir à Bretanha onde ela ficava e onde o mar sem dúvida se chocava contra as rochas – Meu plano era, depois de cinco dias em Paris, ir para aquela hospedaria no mar em Finistère e sair à meia-noite de capa de chuva, chapéu de chuva, com bloco de anotações e lápis e com um grande saco plástico para escrever ali dentro, isto é, meter a mão, o papel e o bloco dentro do saco e escrever em seco, enquanto a chuva cai sobre o restante de mim, escrever os sons do mar, parte dois do poema "Mar", a ser intitulado: "MAR, Parte Dois, os Sons do Atlântico em X, Bretanha", ou nos arredores de Carnac, ou Concarneau, ou Pointe de Penmarch, ou Douarnenez, ou Plouzaimedeau, ou Brest, ou St Malo – Ali na minha valise, o saco plástico, os dois lápis, os grafites extras, o bloco de anotações, o cachecol, o suéter, a capa de chuva no armário – e os sapatos quentes –

Sapatos quentes mesmo, eu também trouxe da Flórida sapatos refrigerados prevendo longas caminhadas ao sol forte em Paris e que acabei não usando nem uma vez, os "sapatos quentes" foram tudo que calcei o tempo todinho – Nos jornais de Paris as pessoas reclamavam que o mês inteiro de chuva e frio na França ao longo do final de maio e início de junho tinha sido causado por cientistas alterando o clima.

E meu kit de primeiros socorros, e minhas luvas para os devaneios no frio da meia-noite na beira do mar da Bretanha quando a escrita estivesse concluída, e todas as camisas esporte elegantes e meias extras que nunca sequer cheguei a usar em Paris, que dirá em Londres onde também havia planejado ir, para não mencionar Amsterdã e Colônia na sequência.

Eu já estava com saudade de casa.

Contudo este livro é para provar que não importa como você viaje, quão "bem-sucedida" seja sua jornada, ou abreviada, você sempre aprende alguma coisa e aprende a mudar seus pensamentos.

Como de costume eu estava simplesmente concentrando tudo em um só intenso mas mil vezes repetido "Ah-*ha!*"

15

николая Na tarde seguinte por exemplo, depois de um belo sono, e eu limpo e arrumado de novo, conheci um compositor judeu ou coisa assim de Nova York, com sua noiva, e acho que gostaram de mim e sei lá, estavam solitários e saímos para o jantar, durante o qual toquei menos na comida do que no conhaque puro outra vez – "Vamos dobrar a esquina e ver um filme", ele diz, e é o que fazemos após eu entabular meia dúzia de conversas animadas em francês com os parisienses pelo restaurante, e o filme acabou sendo as últimas cenas de O'Toole e Burton em *Becket*, muito bom, especialmente o encontro deles a cavalo na praia, e nos despedimos –

Mais uma vez, vou para o restaurante bem em frente a La Gentilhommière muitíssimo recomendado por Jean Tassart, jurando que dessa vez vou experimentar um jantar parisiense com todos os pratos – vejo um homem pacato dando colheradas em uma sopa suntuosa numa tigela enorme do outro lado e faço o pedido dizendo "A mesma sopa do Monsieur". É uma sopa de peixe e queijo e pimenta vermelha tão ardida quanto as pimentas mexicanas, espetacular e *rosada* – Com ela vem pão francês fresquinho e pedaços de manteiga cremosa mas quando eles estão prestes a me trazer a entrada de galinha assada e regada e depois flambada no champagne, e a pasta de salmão de acompanhamento, a anchova, o Gruyère, e os pequenos pepinos fatiados e os tomatinhos vermelhos como cerejas e a seguir meu Deus cerejas frescas de verdade como sobremesa, tudo *mit* vinho, tenho que me desculpar por não poder nem pensar em comer qualquer coisa depois de tudo aquilo (a esta altura meu estômago encolheu, perdi sete quilos) – Mas o pacato cavalheiro da sopa avança para um peixe grelhado e começamos a bater papo no restaurante e acontece que ele é o marchand que vende Arps e Ernsts virando a esquina, conhece André Breton, e quer que eu visite a loja amanhã. Um homem maravilhoso, e judeu, e conversamos em francês, e eu até conto que enrolo meus "r"s na língua e não na garganta porque sou descendente do francês medieval de Quebec-via-Bretanha, e ele concorda, admitindo que o francês parisiense moderno, embora requintado, *tem* mesmo sido alterado pelo influxo de alemães, judeus e árabes ao longo desses dois séculos para não mencionar a influência dos almofadinhas da corte de Luís XIV que realmente começaram a coisa toda, e eu lembro a ele que o nome real de François Villon era pronunciado "Ville On" e não "Viyon" (que é uma corruptela) e que naqueles tempos não se dizia "toi" ou "moi" mas tipo "twé" ou "mwé" (como ainda fazemos em Quebec e em dois dias ouvi na Bretanha) mas finalmente o adverti, concluindo minha encantadora preleção no restaurante enquanto as pessoas escutavam meio intrigadas e meio atentas, de que o nome François *era* pronunciado François e não Françwé pelo simples motivo de que ele era grafado Françoy, como Rei é grafado Roy, e isso não tem nada a ver com "oi" e se o Rei alguma vez ouvisse alguém pronunciar rouwé (rwé) não convidaria para o baile de Versailles mas daria um *roué* com capuz sobre a cabeça para lidar com seu impertinente *cou*, ou golpe, e o cortaria na hora e o ressarciria com nada além de perda.

Coisas desse tipo –

Talvez tenha sido quando meu Satori aconteceu. Ou como. As espantosamente sinceras e longas conversas em francês com centenas de pessoas por todos os lugares era o que eu realmente gostava e era o que eu fazia, e foi um feito porque elas poderiam não ter respondido em detalhes aos meus detalhados pareceres se não tivessem entendido cada palavra do que eu dizia. Então comecei a ficar tão convencido que nem ligava para o francês parisiense e soltava rajadas e *pataraffes* de francês *charivarie* que fazia com que rissem muito porque ainda assim entendiam, que tal isso, Professor Sheffer e Professor Cannon? (meus velhos "professores" de francês no secundário e no preparatório que costumavam rir do meu "sotaque" mas me davam As).

Mas chega disso.

Basta dizer, quando voltei para Nova York tive mais conversas divertidas com sotaques do Brooklin do que nunca na vida e mais ainda quando fui para o Sul, uau, que milagre são as diferentes linguagens e que incrível Torre de Babel é este mundo. Tipo, imagine ir a Moscou ou Tóquio ou Praga e escutar tudo *aquilo*.

Que as pessoas realmente entendem o que suas línguas estão dizendo. E que os olhos brilham ao entender, e que respostas são dadas e isso indica uma alma em toda essa bagunça de línguas e dentes, bocas, cidades de pedra, chuva, calor, frio, toda bagunça tola desde os grunhidos dos neandertais até os gemidos das sondas especiais marcianas de cientistas inteligentes, tudo desde Johnny Hart ZANG das línguas de tamanduá até o doloroso "*la notte, ch'i' passai con tanta pieta*" do Signore Dante em seu sudário ascendendo finalmente ao Paraíso nos braços de Beatrice.

Por falar nisso voltei para ver a loira deslumbrante em La Gentilhommière e ela lamentavelmente me chama de "Jacques" e tenho que explicar a ela que meu nome é "Jean" e ela então soluça seu "Jean", sorri e vai embora com um rapaz bonito, e sou deixado ali no banco do bar importunando todo mundo com minha solidão desgraçada que passa despercebida na noite movimentada e atordoante, no bater da caixa registradora, na balbúrdia da lavagem de copos. Quero dizer a eles que não queremos todos ser formigas contribuindo para o organismo social, mas individualistas contados um por um, mas não, tente dizer isso aos que entram-e-saem com pressa dentro e fora da noite agitada do mundo enquanto o mundo gira em um só eixo. A tempestade secreta se tornou um temporal público.

Mas Jean-Pierre Lemaire, o Jovem Bretão, está cuidando do bar, triste e bonito como apenas os jovens franceses conseguem ser, e muito solidário com minha tola situação de visitante bêbado sozinho em Paris, mostra-me um belo poema sobre um quarto de hotel junto ao mar na Bretanha, mas depois me mostra um poema sem sentido de estilo surrealista sobre ossos de galinha na língua de uma garota ("Devolva para Cocteau!" tenho vontade de berrar em inglês) mas não quero magoar o cara, e ele foi bacana mas tem medo de falar comigo porque está em serviço e multidões de pessoas estão nas mesas da rua esperando suas bebidas, jovens amantes agarradinhos, eu devia é ter ficado em casa e pintando o "Casamento Místico de Sta Catarina" em homenagem a Girolamo Romanino mas ando tão escravizado à tagarelice e à língua, pintura me chateia, e demora uma vida para aprender a pintar.

16

Encontro o Monsieur Casteljaloux em um bar do outro lado da rua da igreja de St Louis de France e conto sobre a biblioteca – Ele me convida para ir ao Arquivo Nacional no dia seguinte e ver o que ele consegue fazer – Uns caras jogam bilhar na sala dos fundos e assisto bem interessado porque ultimamente comecei a dar umas tacadas de sinuca bem boas lá no Sul, ainda mais quando estou bêbado, o que é outro bom motivo para largar a bebida, mas eles não prestam a menor atenção em mim enquanto fico dizendo "*Bon!*" (como um inglês de bigode de ponta virada e sem nenhum dente dianteiro gritando "Bela Tacada!") – Contudo bilhar sem caçapas não é pra mim – gosto de caçapas, buracos, gosto de tacadas certeiras com tabela que são totalmente impossíveis exceto com efeitos complicados batendo pela esquerda-ou-direita, de fininho, forte, a bola bate com força e a bola da vez salta, uma vez ela saltou, rolou pelas bordas da mesa e ricocheteou de volta para o pano e o jogo acabou, pois era a oitava bola encaçapada – (Uma tacada a que meu parceiro sulista de sinuca Cliff Anderson se referiu como "Tacada de Jesus Cristo") – Naturalmente, estando em Paris eu queria jogar uma sinuca com os talentos locais e testar a Esperteza Transatlantique mas eles não estavam interessados – Como eu dizia, vou ao Arquivo Nacional em uma rua curiosa chamada Rue des Francs-Bourgeois ("rua da classe média franca", pode-se dizer), com certeza uma rua onde certa vez se viu o casaco desleixado de Balzac adejando em uma tarde apressada até a tipografia, ou como as ruas calçadas com pedra de Viena onde certa vez Mozart andou com calças desengonçadas numa tarde qualquer a caminho de seu libretista, tossindo) –

Sou conduzido ao escritório principal do Arquivo onde o Mr Casteljaloux ostenta hoje um ar mais melancólico do que ontem em seu belo rosto íntegro e corado de olhos azuis de meia-idade – meu coração fica apertado ao ouvir o homem dizer que, desde que se encontrou comigo ontem, a mãe dele ficou gravemente enferma e que ele precisa ir até lá agora, sua secretária cuidará de tudo.

Ela é, como eu disse, aquela arrebatadoramente linda, inesquecível e obscenamente comestível garota bretã com olhos verde-mar, cabelo negro-azulado, dentinhos com uma leve separação na frente que, caso ela encontrasse um dentista que propusesse corrigir eles, cada homem deste mundo deveria prender o sujeito no pescoço do cavalo de Troia para deixar que ele olhe uma vez para Helena cativa antes que Páris sitiasse seu traiçoeiro e libidinoso Gaulois Gullet.

Vestindo um suéter de tricô branco, pulseiras e coisas douradas, e me observando com os olhos de mar, eu exclamei e quase saudei mas apenas admiti para mim mesmo que uma mulher daquelas era uma roubada das grandes e não para mim o pacífico pastor mit de conhaque – Só sendo um eunuco, para brincar com curvas e declives por duas semanas –

De repente ansiei ir para a Inglaterra enquanto ela começava a matraquear que havia apenas *manuscritos* no Arquivo Nacional e muitos deles haviam sido queimados no bombardeio dos nazistas e além disso ali não tinham registros de "*les affaires Colonielles*" (casos Coloniais).

"Colon*ielles!*" gritei em verdadeira fúria e com olhar dardejante para ela.

"Vocês não têm uma lista dos oficiais do Exército de Montcalm em 1756?" Prossegui, ao menos chegando ao ponto, mas muito furioso com a insolência irlandesa dela (*irlandesa* sim, porque todos os bretões vieram da Irlanda de um jeito ou outro antes que a Gália fosse chamada de Gália e César visse um toco de árvore druida e antes que os saxões aparecessem e antes e depois da Escócia dos pictos e assim por diante), mas não, ela me lança aquele olhar verde-mar e Ah, agora eu sei qual é a dela –

"Meu antepassado era um oficial da Coroa, já te disse o nome dele e o ano, ele veio da Bretanha, dizem que era um barão, sou o primeiro da família a voltar à França em busca dos registros." Mas então percebo que eu estava sendo mais insolente, e não só isso, não só mais insolente do que ela mas mais simplório que um mendigo de rua por sequer falar daquele jeito ou sequer tentar achar quaisquer registros, sendo verdade ou mentira, visto que como bretã ela provavelmente sabia que isso só poderia ser encontrado na Bretanha pois houve uma pequena guerra chamada *La Vendée* entre a Bretanha Católica e a Paris Republicana Ateísta horrível demais para se mencionar perto da tumba de Napoleão –

O fato principal era: ela tinha ouvido M Casteljaloux contar tudo sobre mim, meu nome, minha busca, e isso a impressionou como algo tolo de se fazer, embora nobre, nobre no sentido de nobre *tentativa* inútil, porque o Fulano de Tal da esquina como qualquer um sabe pode, com alguma sorte, descobrir na Irlanda que ele é descendente do rei de Morholt e daí? Fulano Anderson, Fulano Goldstein, Fulano Qualquer Um, Lin Chin, Ti Pak, Ron Poodlewhorferer, Qualquer Um.

E para mim, um americano, lidar com manuscritos ali, se algum deles fosse referente ao meu problema, que diferença fazia?

Não lembro como saí de lá mas a moça não ficou satisfeita e tampouco eu – Mas o que eu não sabia sobre a Bretanha naquela ocasião era que Quimper, a despeito de ter sido a antiga capital da Cornualha e a residência de seus reis ou condes hereditários e recentemente a capital do departamento de Finistère e tudo isso, não obstante todas as coisas tolas de cidade grande era considerada um lugar caipira pelos esclarecidos de Paris, por causa da distância da capital, de modo que assim como você poderia dizer para um negro de Nova York, "Se você não agir direito vou te mandar de volta para o Arkansas", Voltaire e Condorcet ririam e diriam "Se você não entender direito vamos enviá-lo para Quimper ha ha ha". – Ligando isso a Quebec e os famosos bobalhões franco-canadenses ela deve ter rido muito.

Recebi uma dica de alguém, e fui à Bibliothèque Mazarine perto do Quai St Michel e nada aconteceu lá exceto que a bibliotecária idosa piscou para mim, me disse seu nome (Madame Oury), e disse que escrevesse qualquer hora dessas.

Tudo que havia para ser feito em Paris estava feito.

Comprei uma passagem de avião para Brest, Bretanha.

Fui até o bar me despedir de todo mundo e um deles, o bretão Goulet, disse "Tenha cuidado, vão *segurar* você lá!"

PS Como última cartada, antes de comprar a passagem, fui até meus editores franceses e me anunciei pelo nome e perguntei pelo chefe – A garota acreditou ou não que eu fosse um dos autores da casa, o que sou, e no montante de seis livros, mas ela disse friamente que ele tinha saído para almoçar –

"Muito bem, onde está Michel Mohrt?" (em francês) (ele é mais ou menos meu editor lá, um bretão de Lannion Bay em Louquarec.)

"Saiu para almoçar também."

Mas a questão é que ele estava em Nova York naquele dia e ela não teve o menor interesse em me dizer e sentados comigo diante dessa secretária arrogante que devia pensar que era a própria Madame Defarge em "A Tale of Two Cities" de Dickens costurando os nomes de vítimas potenciais à guilhotina no tecido da gráfica, havia meia dúzia de ávidos ou preocupados futuros escritores com seus manuscritos e todos eles me lançaram um olhar fuzilante quando ouviram meu nome como se resmungassem para si mesmos "*Kerouac?* Posso escrever dez vezes melhor que esse maníaco beatnik e vou provar com este manucrito aqui chamado *Silence au Lips* todo ele sobre como Renard entra no foyer acendendo um cigarro e se recusa a retribuir o sorriso amorfo e triste da heroína lésbica da trama cujo pai acaba de morrer tentando capturar um alce na Batalha de Cuckamonga, e Philippe o intelectual entra no capítulo seguinte acendendo um cigarro com um salto existencial através da página em branco que deixei na sequência, terminando tudo com um monólogo profundo etc, tudo que esse Kerouac consegue fazer é escrever histórias, argh" – "E histórias de tanto mau gosto, sem nenhuma heroína bem definida calças quadriculadas crucificando galinhas para a mãe com martelo e pregos em um 'Happening' na cozinha" – argh, tudo que tenho vontade de fazer é cantar a velha canção de Jimmy Lunceford:

"It aint watcha do
It's the way atcha do it!"

Mas ao ver a sinistra atmosfera "literária" ao meu redor e que aquela grossa não vai tratar de fazer com que meu editor me chame para o escritório para uma verdadeira conversa de negócios, me levanto e rosno:

"Eta, merda, *j'm'en va à Angleterre*" (Eta, merda, estou indo para a Inglaterra) mas eu devia é ter dito:

"*Le Petit Prince s'en va à la Petite Bretagne.*"

Significa: "O Pequeno Príncipe está indo para a Pequena Grã-Bretanha" (ou Bretanha).

17

NA GARE ST-LAZARE COMPREI uma passagem só de ida da Air-Inter para Brest (sem dar atenção ao conselho de Goulet) e saquei um travellers check de $50 (grande coisa) e voltei para meu quarto de hotel e passei duas horas refazendo a mala para que ficasse tudo certo e conferindo o tapete no chão em busca de quaisquer vestígios que eu pudesse ter deixado, e desci todo embonecado (barbeado etc.) e dei adeus à mulher maligna e ao marido dela, cara gente boa, que dirigiam o hotel, agora com meu chapéu, o chapéu que pretendia usar nos rochedos marinhos à meia-noite, sempre usei ele puxado sobre o olho esquerdo porque era desse jeito que usava meu quepe na Marinha – Não ouvi grandes clamores de por favor volte mas o recepcionista me observou como se estivesse a fim de me procurar um dia.

Lá vamos nós de táxi para o aeroporto de Orly, na chuva de novo, dez da manhã agora, o táxi zunindo a uma bela velocidade passando por todas aquelas placas de propaganda de conhaque e as surpreendentes casinhas rurais de pedra em meio a jardins franceses de flores e vegetais primorosamente cultivados, tudo verde como imagino que deva ser agora na Velha Inglaterra.

(Como um doido eu calculei que poderia voar da Bretanha para Londres, apenas 250 quilômetros em linha reta.)

Em Orly despacho minha mala (pequena mas pesada) na Air-Inter e então perambulo por lá até a chamada de embarque ao meio-dia. Tomo conhaque e cerveja nos cafés realmente maravilhosos que eles têm naquele terminal aéreo, nada tão funesto quanto no aeroporto Idlewild Kennedy com seu tapete chique e a dose de trago Todo-Mundo-Quieto na sala de drinques. Pela segunda vez dou um franco para a senhora que está sentada a uma mesa em frente dos toaletes, perguntando: "Por que você fica sentada aqui e por que as pessoas te dão gorjetas?"

"Porque eu *limpo* o banheiro" o que eu na mesma hora entendo e aprecio, pensando em minha mãe lá em casa que tem que *limpar* o lugar enquanto grito insultos para a TV na minha cadeira de balanço. Então digo:

"*Un franc pour la Française.*"

Eu poderia dizer "Sainte Theresia Coruja Branca do Inferno!" e ainda assim ela não ligaria. (Não *teria* ligado, mas eu abrevio as coisas em homenagem ao grande poeta Robert Burns.)

Então agora estou cantando "Mathilda" porque a campainha que anuncia os voos soa como aquela canção em Orly, "Ma – Thil – Daa" e a voz calma da garota: "Pan American Airlines Voo 603 para Karachi embarque imediato no portão 32" ou "KLM Royal Dutch Airlines Voo 709 para Johannesburgo embarque imediato no portão 49" e assim por diante, que aeroporto!, as pessoas me ouvem cantando "Mathilda" por tudo e já mantive uma longa conversa sobre cães com dois franceses e um bassê no café e agora escuto: "Air-Inter Voo 3 para Brest embarque imediato no portão

69" e começo a andar – ao longo de um comprido corredor plano –

Juro que caminho cerca de quatrocentos metros e chego praticamente ao fim do prédio do terminal e há creio eu um velho bimotor B-26 da Air-Inter com mecânicos preocupados remexendo na hélice de bombordo.

Está na hora do voo, meio-dia, mas pergunto às pessoas ali "Qual o problema?"

"Uma hora de atraso."

Não há banheiro ali, nem café, então faço todo o caminho de volta para passar aquela uma hora no café, e esperar –

Volto lá à uma.

"Meia hora de atraso."

Decido sentar, mas de repente preciso ir ao banheiro à 1h20 – pergunto para um passageiro de aspecto espanhol que vai para Brest: "Acha que dá tempo de eu voltar ao banheiro no terminal?"

"Sim, claro, tempo de sobra."

Olho, os mecânicos lá fora ainda estão remexendo preocupados de modo que me apresso por aqueles quatrocentos metros até o toalete, deixo outro franco para brincar com La Française, e de repente ouço a canção "Ma – Thil – Daa" com a palavra "Brest" de modo que no melhor passo acelerado à Clark Gable me esfalfo de volta quase tão rápido quanto um andarilho corredor, se é que você me entende, mas quando chego lá o avião já saiu a taxiar pela pista, a rampa pela qual todos aqueles traidores se esgueiraram foi recolhida, e lá se foram eles para a Bretanha com a minha mala.

18

Agora é de esperar que eu circule por toda França com unhas limpas e um semblante de turista alegre.

"*Calvert!*" blasfemo no balcão (pelo que sinto muito, Oh Senhor), "Terei que ir de trem atrás deles! Você pode me vender uma passagem de trem? Levaram a minha valise!"

"Você terá que ir a Gare Montparnasse para isso mas realmente sinto muito, Monsieur, mas esse é o jeito mais ridículo de perder um avião."

Digo a mim mesmo "É, seus sovinas, por que não fazem um banheiro".

Mas volto 24 quilômetros de táxi até a Gare Montparnasse e compro um bilhete só de ida para Brest, primeira classe, e enquanto penso na minha mala, e no que Goulet disse, também lembro agora dos piratas de St Malo para não falar dos piratas de Penzance.

Quem se importa? Vou alcançar aqueles ratos.

Subo no trem entre milhares de pessoas, acontece que é feriado na Bretanha e todo mundo está indo para casa.

Há os compartimentos onde o pessoal da primeira classe pode sentar, e os corredores estreitos com janela onde o pessoal da segunda classe fica encostado nas janelas e olha a terra deslizar – passo pelo primeiro compartimento do vagão que peguei e nada além de mulheres e bebês – sei instintivamente que escolherei o segundo compartimento – E escolho! Porque o que vejo lá dentro senão *Le Rouge et le Noir?* (*O Vermelho e o Negro*), ou seja, o Exército e a Igreja, um soldado francês e um padre católico, e não só isso mas duas senhoras de aspecto agradável e um sujeito de aparência esquista e ar de bêbado num canto, o que dá cinco, deixando o sexto e último lugar para mim, "Jean-Louis Lebris de Kerouac", como me anuncio de momento, sabendo que estou em casa e que eles vão entender que minha família pegou uns modos esquisitos no Canadá e nos EUA – o que anuncio claro apenas depois de ter perguntado "*Je peu m'assoir?*" (Posso sentar?), "Sim", e me desculpo passando pelas pernas das senhoras e me atiro bem ao lado do padre, já sem o meu chapéu, e me dirijo a ele: "*Bonjour, mon Père.*"

Esse sim é o verdadeiro jeito de ir para a Bretanha, meus senhores.

19

MAS POBREZINHO DO PADRE, moreno, digamos trigueiro, ou *swartz*, e muito pequeno e franzino, as mãos estão trêmulas como que de calafrio e pelo que suponho de dor pascalina pela equação do Absoluto ou talvez Pascal apavorasse ele e os outros jesuítas com suas *Cartas Provinciais* desgraçadas, mas em todo caso olho dentro de seus olhos castanhos, vejo o estranho e curto entendimento de papagaio a respeito de tudo e de mim também, e tamborilo com o dedo em minha clavícula e digo:

"Também sou católico."

Ele assente com a cabeça.

"Sou devoto de Nossa Senhora e também de São Benedito."

Ele assente com a cabeça.

Ele é um sujeito tão miúdo que você poderia derrubar ele com um brado religioso tipo "*Ó Seigneur!*" (Oh Senhor!).

Mas agora volto minha atenção para o civil no canto, que está me espiando com olhos iguais aos de um irlandês que conheço chamado Jack Fitzgerald e o mesmo olhar louco e sedento como se estivesse prestes a dizer "Certo, cadê a birita escondida aí nessa sua capa de chuva" mas tudo que ele faz é dizer em francês:

"Tire sua capa de chuva, coloque no bagageiro."

Eu peço licença enquanto tenho que bater joelhos com o soldado loiro, e o soldado sorri tristonho (porque andei de trem com australianos pela Inglaterra em guerra em 1943) enfio o casaco disforme lá em cima, sorrio para as senhoras, que apenas querem chegar em casa e pro inferno com essas figuras, e digo meu nome pro cara no canto (como disse que faria).

"Ah, é um nome bretão. Você mora em Rennes?"

"Não, moro na Flórida na América mas nasci etc. etc." toda a longa história, que os interessa, e então pergunto o nome do cara.

É o lindo nome de Jean-Marie Noblet.

"É um nome bretão?"

"*Mais oui.*" (Mas claro.)

Penso: "Noblet, Goulet, Havet, Champsecret, sem dúvida um monte de grafias engraçadas nesta terra" enquanto o trem parte e o padre se acomoda com um suspiro e as senhoras balançam a cabeça e Noblet me espia como se estivesse a fim de propor que a bebedeira continuasse, a viagem pela frente era longa.

Então eu digo "Vamos comprar alguma coisa na *commissaire*".

"Se você quer tentar, tudo bem."

"Qual o problema?"

"Vem, você vai ver."

E tivemos mesmo que nos lançar por uma rota sinuosa sem bater em ninguém através de sete vagões lotados de gente nas janelas e adiante por corredores agitados e barulhentos e pular por cima de meninas bonitas sentadas sobre livros no chão e evitar colisões com bandos de marinheiros e senhores idosos do interior e todo o povo, um trem de regresso ao lar no feriado como a Atlantic Coast Line indo de Nova York para Richmond, Rocky Mount, Florence, Charleston, Savannah e Flórida no 4 de julho ou no Natal e todo mundo levando presentes como gregos cuidado que nós não –

Mas eu e o velho Jean-Marie encontramos o homem das bebidas e compramos duas garrafas de vinho rosé, sentamos no chão por um tempo e batemos papo com um cara, pegamos o homem das bebidas quando ele voltava em sentido contrário e estava quase sem nada, compramos mais duas, nos tornamos grandes amigos, e nos precipitamos de volta a nossa cabine nos sentindo ótimos, altos, bêbados, doidos – E não pense que não trocamos informações em francês, nem em parisiense, e ele não falava uma palavra de inglês.

Não tive chance sequer de olhar pela janela quando passamos pela Catedral de Chartres com as torres incongruentes, uma quinhentos anos mais velha que a outra.

20

O MAIS ESTRANHO É QUE, depois que Noblet e eu estávamos sentados há uma hora abanando nossas garrafas de vinho na cara do pobre padre enquanto discutíamos religião, história, política, me virei de repente para ele que tremia ali e perguntei: "Você se importa com nossas garrafas de vinho?"

Ele me lançou um olhar como se dissesse: "Você quer dizer a bebida? Não, não, estou resfriado, estou podre de doente."

"*Il est malade, il à un rheum*" (Ele está doente, pegou um resfriado), disse eu a Noblet pomposamente. O soldado ria o tempo todo.

Disse pomposamente a todos eles (e a tradução está abaixo): – "*Jésu à été crucifié parce que, a place d'amenez l'argent et le pouvoir, il à amenez seulement l'assurance que l'existence à été formez par le Bon Dieu et elle appartiens au Bon Dieu le Père, et Lui, le Père, va nous élever au Ciel après la mort, ou personne n'aura besoin d'argent ou de pouvoir parce que ça c'est seulement après tout d'la poussière et de la rouille – Nous autres qu'ils n'ont pas vue les miracles de Jésu, comme les Juifs et les Romans et la 'tites poignée d'Grecs et d'autres de la rivière Nile et Euphrates, on à seulement de continuer d'accepter l'assurance qu'il nous à été descendu dans la parole sainte du nouveau testament – C'est pareille comme ci, en voyant quelqu'un, on dira 'c'est pas lui, c'est pas lui!' sans savior QUI est lui, et c'est seulement le Fils qui connaient le Père – Alors, la Foi, et l'Église qui à défendu la Foi comme qu'a pouva."* (Parcialmente em francês franco-canadense.) TRADUÇÃO: – "Jesus foi crucificado porque, em vez de trazer dinheiro e poder, Ele trouxe apenas a certeza de que a existência foi criada por Deus e pertence a Deus Pai, e Ele, o Pai, vai nos elevar ao Céu após a morte, onde ninguém precisará de dinheiro ou poder porque no fim das contas é tudo apenas pó e cinzas – Nós que não vimos os milagres de Jesus, como os judeus e romanos e os poucos gregos e outros do Rio Nilo e do Eufrates, temos apenas que continuar aceitando a certeza que nos foi entregue na Sagrada Escritura do Novo Testamento – É como se, ao ver alguém, disséssemos "Não é ele, não é ele!" sem saber QUEM é ele, e é apenas o Filho que conhece o Pai – Portanto, Fé, e a Igreja que defendeu a Fé tão bem quanto podia."

Nenhum aplauso do padre, mas um olhar de esguelha, breve, como o olhar de alguém que aplaude, graças a Deus.

21

Foi aquele o meu Satori, aquele olhar, ou Noblet?

Em todo caso escureceu e quando chegamos a Rennes, agora na Bretanha, vi vacas serenas nas campinas azul-escuras perto dos trilhos, Noblet, contra a recomendação dos *farceurs* (piadistas) de Paris me aconselhou a não ficar no mesmo vagão, mas ir três vagões para a frente, porque os guarda-freios iam fazer um corte e me deixar bem ali (porém, realmente no rumo de minha verdadeira terra ancestral, Cournouialles e arredores), mas o negócio era chegar a Brest.

Ele me conduziu para fora do trem, atrás dos outros, e me levou pela plataforma fumacenta da estação, me fez parar no homem das bebidas de modo que pude comprar um frasco de conhaque para o resto da jornada, e disse adeus: ele estava em casa, em Rennes, bem como o padre e o soldado, Rennes a ex-capital de toda a Bretanha, sede de um arcebispo, quartel-general do 10º Exército, com a universidade e várias escolas, mas não a verdadeira Bretanha recôndita porque em 1793 foi quartel-general do Exército Republicano da Revolução Francesa contra os vendeanos mais no interior. E desde então se tornou posto de vigilância da justiça sobre aqueles lugares selvagens. La Vendée, o nome da guerra entre aquelas duas forças na história, foi o seguinte:

– Os bretões eram contra os revolucionários que eram ateístas e guilhotinadores por motivos fraternais, ao passo que os bretões tinham motivos paternais para manter seu velho estilo de vida.

Nada a ver com Noblet em 1965 d.C.

Ele desapareceu na noite como um personagem de Céline, mas pra que traçar paralelos quando se discute a partida de um cavalheiro, tão altivo quanto um nobre, mas não tão bêbado quanto eu.

Andamos 373 quilômetros desde Paris, mais 250 para ir a Brest (fim, *finis*, terra, *terre*, Finistère), todos os marinheiros ainda a bordo do trem pois que naturalmente, como eu não sabia, Brest é a Base Naval onde Chateaubriand ouviu os canhões ribombantes e viu a frota chegar triunfante de alguma luta em algum momento dos anos de 1770.

Minha nova cabine tem apenas uma mãe com sua filhinha intratável, e um cara que suponho ser marido dela, e eu apenas beberico meu conhaque de vez em quando então saio para o corredor para olhar a escuridão com luzes a passar pela janela, uma solitária casa de fazenda de granito com luzes acesas apenas na cozinha no andar de baixo, e vagos indícios de morros e charnecas.

Estalido estalado.

22

Fico bem amigo do casal e em St Brieuc o guarda-freios berra "Saint Brrieu!" – eu berro de volta "Saint Brieuck!"

O guarda-freios, vendo que não tem ninguém entrando ou saindo, a plataforma solitária, repete, me advertindo sobre como pronunciar esses nomes bretões: "Saint Brrieu!"

"Saint Brieuck!" eu berro, como você vê enfatizando o som do "c" ali na coisa.

"Saint Brrieu!"
"Saint Brieuck!"
"Saint Brrieu!"
"Saint Brrieuck!"
"Saint Brrrieu!"
"Saint Brrrieuck!"

Aí ele percebe que está lidando com um maníaco e desiste do jogo comigo e é espantoso que eu não tenha sido jogado para fora do trem ali mesmo na praia selvagem que lá chamam de Costas do Norte (Côtes du Nord) mas ele nem deu bola, afinal o Pequeno Príncipe tinha seu bilhete de primeira classe e um Pequeno Pau mais provavelmente.

Mas aquilo estava engraçado e insisto, quando estiver na Bretanha (Armórica o antigo nome), terra dos keltas, pronuncie seus "k"s com um *kuck* – E como já disse em algum lugar, se "celtas" fosse pronunciado como um som suave de "s", como os anglo-saxões parecem fazer, então meu nome soaria assim: (e outros nomes):-

Jack Serouac
Johnny Sarson
Senador Bob Sennedy
Hopalong Sassidy
Deborah Serr (ou Sarr)
Dorothy Silgallen
Mary Sarney
Sid Simpleton
e os
Monumentos de Pedra de Sarnac via Sornualha.

E existe um lugar na Cornualha chamado St Breock, e todos nós sabemos como pronunciar esse nome.

Finalmente chegamos a Brest, fim da linha, nada mais de terra, e ajudo a esposa e o marido a descer segurando o berço portátil – E lá está ela, garoa nevoenta soturna, rostos estranhos olhando os poucos passageiros que saem, o apito distante de um barco, e um café soturno do outro lado da rua onde nem morto obterei simpatia, vim para o alçapão da Bretanha.

Conhaques, cervejas e então pergunto onde fica o hotel, do outro lado do campo de obras – À minha esquerda, parede de pedra com vista para a grama e umas descidas bruscas e casas sombrias – Buzina de nevoeiro lá fora – O porto e a baía do Atlântico –

Onde está minha maleta? pergunta o recepcionista no hotel soturno, ora essa está no escritório da companhia aérea suponho –

Não há quartos.

Com a barba por fazer, de capa de chuva preta e chapéu de chuva, sujo, saio de lá e vou deslizando por ruas escuras como qualquer Rapaz Americano em dificuldades, velho ou jovem, para a Via Principal – reconheço ela instantaneamente – Rue de Siam, assim chamada em homenagem ao rei do Sião quando lá esteve em alguma visita chata com certeza também soturna e provavelmente voltou correndo para seus canários tropicais o mais rápido que pôde uma vez que as novas defesas de alvenaria de Colbert certamente não inspiram esperança no coração de um budista.

Mas não sou budista, sou um católico revisitando a terra ancestral que lutou pelo catolicismo numa desigualdade impossível e mesmo assim venceu no final, e por certo, ao amanhecer, ouvirei o toque de finados dos sinos de igreja para os mortos.

Vou ao bar de aspecto mais radiante na Rue de Siam que é uma rua principal como as que se via, digamos, nos anos 40, em Springfield, Mass., ou Redding, Calif., ou aquela rua principal sobre a qual James Jones escreveu em "Some Came Running" no Illinois –

O dono do bar está atrás da caixa registradora dando palpites sobre os cavalos em Longchamps – começo a falar imediatamente, digo meu nome, o nome dele é Mr Quéré (que me lembra a grafia de Québec) e ele me deixa sentar e bobear e beber o quanto quiser

– Enquanto isso o garçom também está feliz por falar comigo, ao que parece ouviu falar dos meus livros, mas depois de um tempo (e assim como Pierre LeMaire na La Gentilhommière) ele de repente fica formal, suponho que por um sinal do patrão, trabalho demais para fazer, lave seus copos na pia, esgotei minhas boas-vindas em outro bar –

Vi aquela expressão no rosto do meu pai, uma espécie de pfiu de desgosto de lábios apertados de DE-QUE-ADIANTA, ou pff (desdém) ou blé, quando ele saía como perdedor de uma corrida de cavalos ou de um bar onde não havia gostado do que aconteceu, outras vezes, especialmente ao pensar sobre a história e o mundo, mas é quando saio do bar que aquela expressão surge em meu rosto – E o proprietário, que havia sido caloroso durante meia hora, levou sua atenção de volta para as contas com o olhar sub-reptício dissimulado de um empregador de qualquer lugar afinal de contas – Mas algo havia mudado rapidamente. (Disse meu nome pela primeira vez.)

As indicações que deram para eu achar um quarto de hotel não me levaram nem me largaram em um local de tijolo e concreto com uma cama dentro dele para eu repousar minha cabeça.

Agora eu vagava na completa escuridão, na névoa, tudo estava fechando. Baderneiros passavam rugindo em seus carrinhos e alguns de motocicleta. Outros estavam parados nas esquinas. Perguntei para todo mundo onde havia um hotel. Eles agora nem sabiam. São três da manhã. Grupos de baderneiros passam por mim indo e vindo pela rua. Digo "baderneiros" mas com tudo fechado, o último boteco com música já despachando uns poucos clientes que se altercavam berrando confusos em volta dos carros, o que restava nas ruas?

Mas por milagre de repente passei por um bando de uns doze marinheiros que cantavam uma música marcial em coro na esquina nevoenta. Fui direto até eles, olhei para o cantor principal, e com meu barítono alcoolizado e rouco soltei "Aaaaaah" – eles esperaram –

"Vééé"

Eles ficaram se indagando quem era aquele maluco

"Mah-riiiii-ii-ii-aaaah!"

Ah, *Ave Maria*, nas notas seguintes eu não sabia a letra, apenas cantei a melodia e eles acompanharam, pegaram a melodia, e eis que éramos um coro de barítonos e tenores cantando lentamente como anjos tristes – E direto o primeiro refrão todinho – No sereno nevoento nevoento – Brest Bretanha – Então eu disse "Adieu" e e fui embora. Eles não deram uma palavra.

Algum maluco de capa de chuva e chapéu.

23

Bem, por que as pessoas trocam de nome? Fizeram alguma coisa errada, são criminosas, têm vergonha de seus nomes verdadeiros? Têm medo de alguma coisa? Existe alguma lei na América contra o uso de seu nome verdadeiro?

Fui à França e à Bretanha apenas para olhar esse meu velho nome que tem cerca de trezentos anos e jamais mudou em todo esse tempo, pois quem mudaria um nome que significa simplesmente Casa (Ker), No Campo (Ouac) –

Assim como se diz Bivaque (Biv), No Campo (Ouac) (a menos que "bivouac" seja a grafia incorreta de uma antiga palavra Bismarck, bobagem dizer isso porque "bivouac" era uma palavra usada muito antes do Bismarck de 1870) – o nome Kerr, ou Carr, significa simplesmente *Casa*, por que se incomodar com um campo?

Sei que o nome da Linguagem Celta Córnica é Kernauk. Sei que existem monumentos de pedra chamados dólmens (mesas de pedra) em Kériaval em Carnac, alguns chamados de alinhamentos em Kermario, Kérlescant e Kérdouadec, e uma cidade próxima chamada Kéroual, e sei que o nome original para os bretões era "breons" (isto é, o bretão é *Le Breon*) e que tenho o nome adicional "Le Bris" e cá estava eu em Brest e será que isso faz de mim um espião címbrio dos monumentos de pedra de Riestedt na Alemanha? Rietstap é também o nome do alemão que compilou com esmero os nomes de famílias e seus escudos e incluiu minha família na "Rivista Araldica"? – Pareço um esnobe – Mas quero apenas descobrir por que minha família jamais mudou seu nome e quem sabe encontrar uma história por lá e remontar às origens na Cornualha, em Gales e Irlanda e talvez Escócia antes disso, depois até a cidade de St Lawrence River no Canadá onde fui informado de que havia uma Seigneurie (Propriedade Senhorial) e portanto posso ir viver lá (junto com meus milhares de primos franco-canadenses de pernas arqueadas que ostentam o mesmo nome) e *jamais pagar impostos!*

Agora qual o americano viril com um Pontiac, uma enorme hipoteca e úlceras em tempo de guerra que não está interessado nessa grande aventura!

Ei! Eu também deveria ter cantado para os rapazes da Marinha:

"I joined the Navy
To see the world
and whaddid I see?
I saw de sea."

24

AGORA ESTOU FICANDO APAVORADO, suspeito que alguns desses caras ziguezagueando pelas ruas diante da minha trilha errante estão armando uma cilada para afanar as duzentas ou trezentas pratas que me restam – Está nevoento e silencioso exceto pelo guinchado súbito de rodas de carros cheios de homens, nada de garotas agora – Fico doido e abordo o que parece um tipógrafo idoso indo apressado para casa depois do trabalho ou do carteado, talvez o fantasma de meu pai, pois certamente meu pai deve ter olhado por mim naquela noite na Bretanha aonde ele e todos seus irmãos e tios e seus pais tinham ansiado por ir, e apenas o pobre Ti Jean finalmente conseguiu e pobre Ti Jean com seu canivete suíço na maleta trancada em um aeroporto a trinta quilômetros além das charnecas – Ele, Ti Jean, agora ameaçado não pelos bretões, como naquelas manhãs de torneio em que bandeiras e mulheres públicas tornavam a luta uma coisa honrada creio eu, mas em becos suspeitos os grunhidos de Wallace Beery e coisa pior que isso é claro, um bigodinho e uma laminazinha ou uma pequena arma niquelada – Nada de garrotes por favor, estou com minha armadura, ou seja minha armadura de caráter reichiano – Como é fácil fazer piada a respeito dessas coisas enquanto rabisco isso aqui a

7.200 quilômetros de distância a salvo em casa na velha Flórida com as portas trancadas e o xerife fazendo o máximo que pode em uma cidade no mínimo tão ruim mas não tão nevoenta e escura –

Continuo olhando por cima do ombro enquanto pergunto ao tipógrafo "Onde estão os gendarmes?"

Ele passa apressado por mim pensando que é apenas uma pergunta introdutória para assaltar ele.

Na Rue de Siam pergunto a um jovem "*Ou sont les gendarmes, leurs offices?*" ("Onde estão os gendarmes, o gabinete deles?")

"Você não quer um táxi?" (em francês)

"Para ir aonde? Não há hotéis?"

"A delegacia de polícia é descendo aqui pela Siam, depois à esquerda e você vai ver ela."

"Merci, Monsieur."

Desço acreditando que ele me deu outra informação errada pois está de conluio com os arruaceiros, viro à esquerda, olho por cima do ombro, de repente as coisas ficaram extremamente quietas, e vejo as luzes indistintas de um prédio na névoa, os fundos dele, que calculo ser a delegacia de polícia.

Escuto. Nenhum som em lugar algum. Nada de pneus rangendo, nada de vozes resmungantes, nada de risadas súbitas.

Estou louco? Louco como aquele mão-pelada em Big Sur Woods, ou o maçarico de lá, ou qualquer Vagabundo Celeste Olsky-Polsky, ou o Elefante Berinjela Sicofanta Bobalhão da Rota 66 e com mais a caminho.

Entro direto no distrito policial, tiro meu passaporte americano verde do bolso da camisa, apresento-o ao gendarme em serviço e digo a ele que não posso vagar por aquelas ruas a noite toda sem um quarto etc., tenho dinheiro para um quarto etc., mala trancada etc., perdi meu avião etc., sou um turista etc. e estou assustado.

Ele entendeu.

O chefe dele aparece, o tenente suponho, fazem algumas ligações, chamam um carro ali na frente, dou cinquenta francos para o sargento em serviço dizendo "Merci beaucoup".

Ele sacode a cabeça.

Era uma das três únicas notas que me sobravam no bolso (cinquenta francos vale $10) e quando mexi em meu bolso pensei que talvez fosse uma das notas de cinco francos, ou de dez, em todo caso a de cinquenta saiu como quando você tira uma carta, e fiquei envergonhado de pensar que eu estivesse tentando suborná-lo, era apenas uma gorjeta – mas não se "dá gorjeta" para a polícia da França.

De fato aquele *era* o Exército Republicano defendendo um descendente dos bretões vendeanos pego sem o seu alçapão.

Como os vinte centavos em St Louis de France que eu deveria ter colocado na caixa de esmolas, como o ouro da verdadeira Caritas, eu realmente poderia ter deixado o dinheiro cair no chão do distrito policial ao sair mas como pode uma ideia dessas entrar espontaneamente na cabeça de um franco-canadense esperto e imprestável como eu?

Ou se a ideia tivesse entrado em minha mente, eles teriam me acusado de propina?

Não – os gendarmes da França têm o seu próprio manual.

25

Esse bretão covarde (eu) diluído por dois séculos no Canadá e na América, por minha culpa e de mais ninguém, seria motivo de riso na Terra do Príncipe de Gales pois não sabe sequer caçar, ou pescar ou batalhar um bife para seus pais, esse metido a besta, esse desagradável, esse raivoso e farrista e poço de defeitos, "esse baú de humores" como disse Shakespeare sobre Falstaff, esse falso braço direito não era nem mesmo um profeta, que dirá cavaleiro, esse tumor de medo-da-morte, com intumescências no banheiro, esse escravo fugitivo de campos de futebol americano, esse artista fora de jogo e ladrão abjeto, esse gritalhão em salões de Paris e caladão em névoas bretãs, esse piadista farsante em galerias de arte de Nova York e choramingão em delegacias de polícia e telefones de longa distância, esse santarrão, esse ajudante de ordens poltrão com portfólio cheio de ports e fólios, esse pregador de flores que faz pouco caso dos espinhos, esse verdadeiro *Hurracan* como os gasômetros de Manchester e Birmingham, esse canastrão, esse verificador da paciência dos homens e das calcinhas das senhoras, esse cemitério de decadência comendo em ferraduras enferrujadas esperando ganhar uma partida de... Em resumo, esse descendente de homem cabeça-dura vociferante cagado apavorado e humilhado.

Os gendarmes têm o seu próprio manual, significando que não aceitam propinas ou gorjetas, eles dizem com os olhos: "A cada um o que lhe pertence, você com seus cinquenta francos, eu com minha honrosa coragem cívica – e civil ainda por cima".

Puf, ele me conduz a uma pequena pousada bretã na Rue Victor Hugo.

26

Um sujeito de aspecto selvagem como qualquer irlandês aparece e ajusta o robe de banho na porta, escuta os gendarmes, okay, me conduz para o quarto ao lado da recepção que suponho que seja onde os caras trazem garotas para uma rapidinha, a menos que eu esteja errado e começando de novo a fazer piadas sobre a vida – A cama é perfeita com dezessete camadas de cobertas sobre os lençóis e durmo por três horas e de repente estão berrando e se agitando de novo para o café da manhã com gritos através dos quintais, bing, bang, estrondo de panelas e sapatos se arrastando no segundo andar, galos cantando, é a França de manhã –

Tenho que ver isso e tudo bem porque não posso dormir mesmo e onde está meu conhaque!

Escovo os dentes com os dedos na pequena pia e penteio o cabelo com as pontas dos dedos desejando ter minha mala e saio para a pousada desse jeito procurando o banheiro é claro. Há um velho estalajadeiro, na verdade um sujeito jovem de 35 anos e bretão, esqueci ou me abstive de perguntar o nome dele, mas ele não liga para o quão descabelado estou nem que os gendarmes tiveram que achar um quarto para mim, "O banheiro é ali, primeira à direita".

"La Poizette hein?" eu grito.

Ele me lança um olhar que diz "Entre no banheiro e cale a boca".

Quando saio tento chegar à pia no meu quarto para pentear o cabelo mas ele já está trazendo o café da manhã para mim na sala de jantar onde não tem ninguém exceto nós –

"Espera aí, pentear o cabelo, pegar os cigarros, e, ah, que tal uma cerveja primeiro?"

"Quê? Tá doido? Toma o café primeiro, o pão com manteiga."

"Só uma cervejinha."

"Tá Bem, tabem, só uma – Senta aqui quando voltar, tenho trabalho a fazer na cozinha."

E tudo isso é falado depressa e fluentemente, mas em francês bretão no qual não tenho que fazer um esforço como faço no francês parisiense, para enunciar: apenas: *"Ey, weyondonc, pourquoi t'a peur j'm'dégrise avec une 'tite bierre?"* (Ei, qual é, como é que você está assustado por eu ficar sóbrio com uma cervejinha?)

"On s'dégrise pas avec la bierre, Monsieur, mais avec le bon petit déjeuner." (Não ficamos sóbrios com cerveja, Monsieur, mas com um bom café da manhã.)

"Way, mais on est pas toutes des soulons." (Sim, não nem todo mundo é beberrão.)

"Não fale assim, Monsieur. É isso aqui, olhe, aqui, na boa manteiga bretã feita com nata, e pão fresco vindo do padeiro, e café forte quente, é assim que ficamos sóbrios – Cá está sua cerveja, voila, vou manter o café quente no fogão."

"Bom! Esse é macho de verdade!"

"Você fala um francês bom mas tem um sotaque –?"

"*Oua, du Canada.*"

"Ah sim, porque o passaporte é americano."

"Não aprendi francês nos livros mas em casa, eu não sabia falar inglês na América antes de ter, sei lá, cinco seis anos de idade, meus pais nasceram no Canadá em Québec, o nome de minha mãe é L'Évêque."

"Ah, isso também é bretão."

"Mas ué, pensei que fosse normando."

"Bem, normando, bretão –"

"Isso e aquilo – em todo caso o francês do norte, hum?"

"*Ah oui.*"

Despejo da garrafa um colarinho cremoso no topo de minha cerveja alsaciana, a melhor do Ocidente, enquanto ele olha com desagrado, de avental, ele tem quartos para limpar no andar de cima, pra que esse americano franco-canadense estúpido o atrasa e por que isso sempre acontece com ele?

Digo meu nome completo e ele boceja e diz "*Way*, tem um monte de Lebris aqui em Brest, umas duas dúzias. Hoje de manhã antes de você levantar um grupo de alemães tomou um grande café da manhã bem onde você está sentado, agora já foram embora."

"Divertiram-se em Brest?"

"*Certamente!* Você tem que ficar! Você chegou aqui ontem apenas –"

"Vou na Air-Inter pegar minha valise e estou indo para a Inglaterra, hoje."

"Mas" – ele me olha desesperançado – "você não viu Brest!"

Eu disse "Bem, se eu puder voltar para cá esta noite para dormir posso ficar em Brest, afinal de contas tenho que ter algum *lugar*" ("Posso não ser um experiente turista alemão", acrescento para mim mesmo, "não tendo excursionado pela Bretanha em 1940 mas com certeza conheço alguns rapazes em Massachusetts que a excursionaram para você em função da liberação de St Lo em 1944, conheço sim") ("e rapazes franco-canadenses além do mais".) – E é isso aí, porque ele diz: –

"Bem talvez eu não tenha um quarto para você hoje à noite, mas talvez tenha, tudo depende, estão chegando grupos suíços."

("E Art Buchwald", pensei eu.)

Ele disse: "Agora coma a boa manteiga bretã." A manteiga estava em um potinho de argila de cinco centímetros de altura e tão largo e bonitinho que eu disse: –

"Deixa eu ficar com essa manteigueira quando eu acabar a manteiga, minha mãe vai adorar e será um souvenir da Bretanha para ela."

"Vou pegar uma limpa para você na cozinha. Enquanto isso tome seu café da manhã e irei arrumar umas camas no andar de cima" de modo que engulo o resto da cerveja, ele traz o café e corre lá para cima, e eu esparramo (como nódoas cremosas de Van Gogh) manteiga fresca cremosa daquele pote, quase que toda ela num só pedaço, em cima do pão fresco, e mastigo e masco com barulho a manteiga se foi antes mesmo de Krupp e Remington se levantarem para enfiar uma colherzinha de chá em uma toranja picada pelo mordomo.

Satori ali no Victor Hugo Inn?

Quando ele desce, não resta nada a não ser eu e um daqueles doidos e poderosos cigarros Gitane (significa cigano) e fumaça por tudo.

"Está melhor?"

"Isso é que é manteiga – o pão extraespecial, o café forte e primoroso – Mas agora desejo meu conhaque."

"Bem pague a conta do seu quarto e desça a Rue Victor Hugo, na esquina tem conhaque, vá pegar a valise e resolver seus assuntos e volte aqui para ver se tem um quarto à noite, o velho camarada Neal Cassady não pode ir além disso. Cada um com o que é seu e eu tenho esposa e filhos no andar de cima brincando com vasos de flores, se, mas e se eu tivesse mil sírios abarrotando o lugar em mantos marrons como os do próprio Nominoé, ainda assim me deixariam fazer todo o trabalho, visto que é, como você sabe, um mar celta impetuoso." (Enfiei o pensamento dele aqui para seu deleite, e se você não gostou, chame de boladação, em outras palavras bolei você com meu arremesso alto e forte.)

Digo "Onde fica Plouzaimedeau? Quero escrever poemas junto ao mar à noite."

"Ah você quer dizer Plouzémédé – Ah, pff, não é comigo – Tenho que trabalhar agora."

"Ok vou nessa."

Mas como exemplo de um bretão típico, que tal?

27

Então vou até o bar da esquina conforme indicado e entro e tem um velho Papai Burguês ou mais provavelmente Kervélégan ou Kerthisser e Ker-thatter atrás do bar, me lança um olhar gélido de fuzileiro naval me circundando amplamente e eu digo "Conhaque, Monsieur". Ele não tem a menor pressa. Um jovem carteiro entra com sua sacola de couro pendurada no ombro e começa a conversar com ele. Levo meu delicioso conhaque para uma mesa e sento e ao primeiro gole estremeço por perder o que perdi a noite toda. (Lá eles tinham algumas marcas além de Hennessey e Courvoisier e Monnet, que deve ter sido por que Winston Churchill aquele velho Barão gritando por seus sabujos em sua estranha barragem poderosa, estava sempre na França de charuto-na-boca pintando.) O proprietário me espreita minuciosamente. É óbvio. Vou até o carteiro e digo: "Onde é o escritório da companhia aérea Air-Inter na cidade?"

"Não estou sabendo" (mas em francês).

"Você um carteiro em Brest e nem ao menos sabe onde fica um escritório importante?"

"O que há de tão importante nele?"

("Bem para começar", digo a mim mesmo para ele extrassensorialmente, "é o único jeito de você poder cair fora daqui – *depressa*.") Mas tudo que digo é: "Minha bagagem está lá e vou buscar minha mala."

"Puxa não sei onde fica. *Você* sabe, chefe?"

Nenhuma resposta.

Eu disse "Certo. Vou descobrir por mim mesmo" e terminei meu conhaque, e o carteiro disse:

"Sou apenas um *facteur*" (carteiro).

Disse a ele uma coisa em francês que está publicada no firmamento, que insisto em imprimir aqui somente em francês. "*Tu travaille avec la maille pi tu sais seulement pas s'qu'est une office – d'importance?*"

"Sou novo no emprego" disse ele em francês.

Não estou tentando ridicularizar nada mas escute isso:-

Não é culpa minha, nem de qualquer turista americano ou mesmo patriota, que os franceses se eximam de responsabilidade por suas explicações – É direito deles exigir privacidade, mas farsa é passível de julgamento em tribunal, Ó Monsieur Bacon et Monsieur Coke – Farsa, ou fraude, é passível de julgamento em tribunal quando diz respeito à perda de seu bem-estar ou segurança civil.

É como se algum turista negro como Papa Kane do Senegal chegasse em mim na calçada da Sexta Avenida com a Rua 34 e perguntasse qual o caminho para o Dixie Hotel em Times Square, e em vez disso eu o conduzisse para o Bowery, onde ele seria (digamos) morto por arruaceiros bascos e indianos, e uma testemunha me ouvisse dar as orientações erradas para aquele inocente turista africano, e então depusesse na corte que tinha ouvido as instruções farsescas com intenção de privar do direito-de-percurso, ou direito-de-percurso-social, ou direito-de-*direção*-apropriada, então vamos detonar todos os ratos separatistas não prestativos e maleducados de ambos os lados do Trocismo e de outros ismos também.

Mas o proprietário do bar me diz calmamente onde é e eu agradeço a ele e vou.

28

Agora vejo o porto, os vasos de flores nos fundos das cozinhas, a velha Brest, os barcos, dois petroleiros lá fora, e os promontórios selvagens sob o céu de rajadas cinzentas, meio que como a Nova Escócia.

Encontro o escritório e entro. Tem dois sujeitos envolvidos com uma papelada de cópias duplas de tudo que é coisa e sem ao menos ter uma mulher, embora naquele momento ela esteja nos fundos. Apresento o caso e os documentos, dizem espere uma hora. Digo que quero voar para Londres esta noite. Eles dizem que a Air-Inter não voa direto para Londres e sim de volta para Paris e você pega outra companhia. ("Brest está a apenas você-sabe-que-fio-de-cabelo da Cornualha", gostaria de dizer a eles, "por que voar de volta para Paris?") "Certo, então voarei para Paris. A que horas hoje?"

"Hoje não. O próximo voo de Brest é na segunda-feira."

Não consigo me imaginar perambulando por Brest por um final de semana inteiro sem quarto de hotel e sem ninguém para conversar. Naquele instante meu olho brilha quando penso: "É sábado de manhã, posso estar na Flórida a tempo de pegar as histórias em quadrinhos ao amanhecer quando os caras largam as revistas na entrada da minha casa!" – "Tem um trem de volta para Paris?"

"Sim, às três."

"Vende um bilhete para mim?"

"Você tem que ir até lá."

"E quanto à minha mala?"

"Não estará aqui antes do meio-dia."

"Então vou comprar o bilhete na estação de trem, conversar um pouco com Stepin Fetchit e chamar ele de Old Black Joe, e até cantar, beijar ele na boca, uma beijoca em cada bochecha, conceder clemência a ele, e voltar aqui."

Na verdade não disse aquilo mas deveria, apenas disse "Okay" e fui até a estação, peguei o bilhete de primeira classe, voltei pelo mesmo caminho, a essa altura já especialista nas ruas de Brest, olhei para dentro, nada da mala ainda, fui para a Rue de Siam, conhaque e cerveja, chatice, voltei, nada da mala, então entrei no bar ao lado desse Escritório Aéreo da Força Aérea Bretã sobre o qual eu deveria escrever longas cartas para MacMullen do SAC –

Sei que existe um monte de lindas igrejas e capelas lá que eu deveria olhar, e então a Inglaterra, mas eu já tenho a Inglaterra em meu coração, por que ir lá? e além disso, não importa o quanto culturas e arte sejam encantadoras, são inúteis sem *simpatia* – Toda lindeza de tapeçarias, terras, gente: – *sem valor* se não há simpatia – Poetas de talento são apenas decoração na parede se sem a poesia da bondade e Cáritas – Isso significa que Cristo estava certo e todo mundo desde então (que "pensou" e escreveu visões pessoais opostas) (como, digamos, Sigmund Freud e sua fria depreciação de personalidades impotentes) estava *errado* – pois que, a vida de uma pessoa é, como diz W. C. Fields, "Repleta de perigo eminente" mas quando você sabe que ao morrer você será elevado porque não causou mal, Ah leve isso de volta para a Bretanha e pro Raio que o Parta também – Precisamos de uma Universidade da Definição-de-Dano para ensinar isso? Não deixe que homem nenhum o induza ao mal. O Guardião do Purgatório tem as duas chaves para as Portas de São Pedro e ele mesmo possui a terceira e decisiva chave.

E você não induza ninguém ao mal, ou haverá de ter seus globos oculares e o resto torrado como em uma estaca iroquesa e pelo Diabo em pessoa, ele que escolheu Judas para atormentar. (A partir de Dante.)

Qualquer que seja o mal que você faça ele haverá de retornar centuplicado, nas mínimas miudezas, pelas leis que operam no que a ciência agora chama de "o mistério aprofundado da pesquisa".

Bem pesquise isso, Creighton, no momento em que investigações de outrora estiverem concluídas, o Cão de Caça do Paraíso vai levar você direto para Massah.

29

Assim entro naquele bar de modo a não perder minha maleta com seus benditos pertences, como se igual ao comediante Joe E. Lewis eu pudesse tentar levar minhas coisas para o Paraíso comigo, enquanto você está vivo na terra os próprios pelos de seus gatos em suas roupas são benditos, e mais tarde todos nós podemos nos embasbacar e ficar de queixo caído com os Dinossauros, bem, vejo o bar e entro, beberico por um tempo, volto duas portas, a mala enfim está lá e presa a uma corrente.

Os funcionários não dizem nada, pego a mala e a corrente cai. Cadetes da Marinha comprando passagens ali dentro olham fixo enquanto ergo a valise. Mostro a eles meu nome escrito com tinta laranja em uma fita negra perto da fechadura. Meu nome. Saio, com ela.

Arrasto a maleta para dentro do bar de Fournier e a meto num canto e sento no bar, apalpando meus bilhetes de trem, e tenho duas horas para beber e esperar.

O nome do lugar é Le Cigare.

Fournier o proprietário chega, apenas 35 anos, e pega o telefone direto seguindo assim: "*Allo, oui, cinque, yeh, quatre, yeh, deux, bon*", bate o telefone no gancho. Percebo que é uma casa de apostas.

Ah então digo a eles alegremente "E quem pensam que seja o melhor jockey da América hoje? Hã?"

Como se eles ligassem.

"Turcotte!" grito triunfante. "Um francês! Vocês não viram ele vencer Preakness?"

Preakness, Shmeakness, nunca ouviram falar disso, eles têm o Grand Prix de Paris para se preocupar para não falar do Prix du Counseil Municipal e do Prix Gladiateur e as corridas de St Cloud e Maisons Lafitte e Auteil, e Vincennes também, fico boquiaberto ao pensar que mundo grande é esse que turfistas internacionais que dirá jogadores de sinuca não podem sequer se reunir.

Mas Fournier é muito bacana comigo e diz "Tivemos uma dupla de franco-canadenses aqui na semana passada, você devia ter estado aqui, eles deixaram as gravatas na parede: está vendo? Eles tinham um violão e cantaram *turlutus* e se divertiram *pacas*."

"Lembra os nomes deles?"

"Neca – Mas você, passaporte americano, Lebris de Kerouac você diz, e veio aqui para encontrar notícias de sua família, por que está deixando Brest em poucas horas?"

"Bem – me diga *você*."

"Me parece" ("*me semble*") "que se você se esforçou tanto para percorrer todo o caminho até aqui, e com toda dificuldade para chegar aqui, por Paris e pelas bibliotecas você diz, agora que está aqui, seria uma vergonha se não ligasse e fosse ver *um* dos Lebris desse guia telefônico – Olhe, tem dúzias deles aqui. Lebris farmacêutico, Lebris advogado, Lebris juiz, Lebris atacadista, Lebris *restaurateur*, Lebris livreiro, Lebris capitão do mar, Lebris pediatra –"

"Tem um Lebris que seja ginecologista que ame as coxas das mulheres?" (*"Ya ta un Lebris qu'est un gynecologiste qui aimes les cuisses des femmes?"*) eu grito, e todos no bar, inclusive a garçonete de Fournier, e o velho no banco ao meu lado, naturalmente, riem.

"– Lebris – ei, nada de piadas – Lebris banqueiro, Lebris do Tribunal, Lebris agente funerário, Lebris importador –"

"Ligue para o Lebris *restaurateur* e dou *minha* gravata." E eu tiro minha gravata de malha de rayon azul e entrego a ele e abro meu colarinho como se estivesse em casa. "Não consigo entender esses telefones franceses", acrescento, e digo para mim mesmo: ("Mas ah com certeza você entende porque estou lembrado de meu grande camarada na América que senta na beirada da cama desde a primeira corrida até a nona corrida, uma bagana na boca, não uma grande bagana romântica fumegante de Humphrey Bogart, apenas uma velha ponta de Marlboro, marrom e apagada da véspera, e ele é tão rápido no telefone que poderia abocanhar moscas se elas não saíssem do caminho, tão logo ele pega o telefone que ainda nem tocou mas alguém está falando com ele: "Alô Tony? Vai ser quatro, seis, três, por cinco dólares.")

Quem jamais pensou que em minha busca por meus ancestrais eu acabaria numa casa de apostas em Brest, Ó Tony? irmão do meu amigo?

Então Fournier pega o telefone, acha o Lebris *restaurateur*, faz com que eu use meu francês mais elegante para me convidar, desliga, ergue as mãos, e diz: "Vai lá, vai ver esse Lebris".

"Onde estão os antigos Kerouacs?"

"Provavelmente na região de Counouialles em Quimper, em algum lugar de Finistère ao sul daqui, ele dirá a você. Meu nome é bretão também, por que essa agitação?"

"Não é *todo* dia."

"So *nu?*" (mais ou menos). "Desculpe" e o telefone toca. "E pegue de volta sua gravata, é uma bela gravata."

"Fournier é um nome bretão?"

"Mas claro."

"Com os diabos", gritei, "todo mundo de repente é bretão! Havet – LeMaire – Gibon – Fournier – Didier – Goulet – L'Évêque – Noblet – Onde está o velho Halmalo, e o velho Marquês de Lantenac, e o pequeno Príncipe de Kérouac, *Çiboire, j'pas capable trouvez ca –*" (*Çiborium,* não consigo achar).

"Como os cavalos?" diz Fournier. "Não! Os advogados de boininhas azuis mudaram tudo isso. Vá ver Monsieur Lebris. E não esqueça, se você voltar à Bretanha e a Brest, venha aqui com seus amigos, ou sua mãe – ou seus primos – Mas agora o telefone está tocando, desculpe, Monsieur."

Então saio de lá carregando a mala Rue de Siam abaixo em plena luz do dia e ela pesa uma tonelada.

30

Agora começa outra aventura. É um restaurante maravilhoso bem parecido com o de Johnny Nicholson em New York City, mesas com tampo de mármore e mogno e estátuas, mas muito pequeno, e aqui, em vez de sujeitos como Al e outros correndo ao redor vestindo calças justas e servindo as mesas, há garotas. Mas são as filhas e amigas do proprietário, Lebris. Entro e pergunto onde está o Mr Lebris, fui convidado. Elas dizem espere aqui e saem e vão verificar no andar de cima. Finalmente tudo certo e carrego minha mala para cima (sentindo que de início sequer acreditaram em mim, aquelas garotas) e sou levado para um quarto onde um aristocrata de nariz pontiagudo jaz deitado na cama no meio do dia com uma enorme garrafa de conhaque ao lado, cigarros creio eu, um acolchoado tão grande quanto o Queen Victoria em Cima de suas cobertas (um acolchoado, ou seja, me refiro a um *travesseiro* de um-e-oitenta-por-um-e-oitenta), e seu médico loiro ao pé da cama aconselhando ele sobre como repousar – "Sente aqui" mas quando isso está acontecendo chega um *romancier de police*, isto é, um escritor de romances policiais, usando elegantes óculos com aro de aço e ele mesmo tão imaculado quanto o eixo do Paraíso, com sua encantadora esposa – Mas então entra a esposa do pobre Lebris, uma morena soberba (a mim mencionada por Fournier) e três garotas *ravissantes* (arrebatadoras) que vêm a ser uma filha casada e duas não casadas – E lá estou eu recebendo um conhaque de Monsieur Lebris enquanto ele se ergue com esforço de sua deliciosa pilha de travesseiros (Ó Proust!) e me diz pausadamente:

"Você é Jean-Louis Lebris de Kérouac, você disse e disseram ao telefone?"

"*Sans doute, Monsieur.*" Mostro a ele meu passaporte que diz: "John Louis Kerouac" porque você não pode andar pela América e entrar na Marinha Mercante e ser chamado de "Jean". Mas Jean é o nome masculino para John, *Jeanne* é o feminino, mas você não pode dizer isso para seu contramestre do SS Robert Treat Paine quando o prático de porto pede a você para manejar o leme através das áreas minadas e diz ao seu lado "Duzentos e cinquenta e um firme enquanto avança."

"Sim senhor, 251 firme enquanto avanço."

"Duzentos e cinquenta, firme enquanto avança."

"Duzentos e cinquenta, firme enquanto avanço."

"Duzentos e cinquenta e nove, firme, fir-r-r-me enquanto avança", e vamos deslizando direto entre as minas, e para dentro do ancoradouro. (Norfolk 1944, e depois disso abandonei o barco.) Por que o piloto pegou o velho Keroach? (Keroac'h, antiga disputa sobre a grafia entre meus tios.) Porque Keroach tem uma mão firme seu bando de ratos que não sabem ler que dirá escrever livros –

Assim meu nome no passaporte é "John" e certa vez foi Shaun quando O'Shea e eu acabamos com Ryan e Murphy riu e todos nós acabamos com Ryan, era um pub.

"E seu nome?" eu pergunto.

"Ulysse Lebris."

Sobre o acolchoado estava a carta genealógica de sua família, parte da qual se chama Lebris de Loudéac, que ele aparentemente havia pedido em função de minha chegada. Mas ele acaba de fazer uma operação de hérnia, é por isso que está de cama, e seu médico está preocupado e dizendo a ele o que deveria ser feito, e então vai embora.

De início me pergunto, "Será que ele é judeu? fingindo ser um aristocrata francês?" porque algo nele de início parece judeu, quero dizer o tipo racial específico que às vezes se vê, *pele* semítica pura, a fronte serpentina, ou aquilina, digamos, e aquele nariz comprido e engraçados Chifres de Diabo escondidos onde a calvície começa nas laterais, e com certeza sob aquela coberta deve haver pés magros e grandes (ao contrário de meus pés gorduchos e pequenos de camponês) que ele deve gingar de um lado para o outro em estilo *gazotsky*, isto é, esticado para a frente e andando sobre os saltos em vez da sola dianteira – E os ares encantadores de almofadinha, a fragrância de Watteau, o olhar de Spinoza, a elegância de Seymour Glass (ou Seymour Wyse) embora eu então perceba que jamais tinha visto alguém com aquele aspecto exceto na extremidade de uma lança em uma outra vida, um *espadachim* consumado que fazia longas viagens de carruagem da Bretanha para Paris talvez com Abelardo apenas para observar anquinhas ondulando sob candelabros, tinha casos em cemitérios isolados, ficava enjoado da cidade e retornava às suas árvores uniformemente distribuídas em que ao menos sua montaria sabia como andar a meio galope, trotar, galopar ou saltar – Uns murinhos de pedra entre Combourg e Champsecret, o que importa? Um verdadeiro *elegant* –

O que digo para ele de imediato, ainda estudando o rosto dele para ver se era judeu, mas não, o nariz era jubiloso como uma navalha, os olhos azuis lânguidos, os Chifres de Diabo bem rematados, os pés fora da vista, a dicção francesa perfeita e nítida até mesmo para alguém de West Virginia, cada palavra destinada a ser entendida, Ai de mim, encontrar um velho nobre bretão, como diz o velho Gabriel de Montgomeri a brincadeira acabou – Por um homem como esse os exércitos se uniriam.

É aquela velha magia da nobreza bretã e do gênio bretão, sobre a qual Mestre Matthew Arnold disse: "Um toque de ascendência celta, que revela uma qualidade oculta em um objeto familiar, ou o matiza, não se sabe como, com 'a luz que jamais esteve em mar ou terra'."

31

Glória sempre, mas acabada, começamos um dedo de prosa – (Mais uma vez, queridos americanos da terra onde nasci, em francês roto comparável em contexto ao inglês que falam em Essex): – Eu: – "Ah senhor, que merda, mais um conhaque".

"Cá está, amigão." (Uma brincadeira sobre "camaradagem" e deixe eu fazer mais uma pergunta, leitor: – Onde mais a não ser em um livro você pode voltar atrás e pegar o que perdeu, e não só isso mas saborear e conservar e mandar longe? Algum australiano já lhe disse isso alguma vez?)

Eu digo: "Mas nossa, você é um sujeito elegante, hein?"

Nenhuma resposta, apenas um olhar radiante.

Eu me sinto como um imbecil que tem que se explicar. Lanço um olhar sobre ele. Sua cabeça está voltada como a de um papagaio curioso para o escritor e as senhoras. Reparo em um lampejo de interesse nos olhos do romancista. Talvez ele seja um tira visto que escreve romances policiais. Pergunto a ele através dos travesseiros se conhece Simenon. E leu Dashiell Hammett, Raymond Chandler e James M. Cain, para não falar de B. Traven?

Eu muito bem poderia entrar em longas e sérias controvérsias com M Ulysse Lebris será que ele leu Nicholas Breton da Inglaterra, John Skelton de Cambridge, ou o sempre-grandioso Henry Vaughan para não falar de George Herbert – e você poderia acrescentar, ou John Taylor o Poeta-das-Águas do Tâmisa?

Eu e Ulysse não conseguimos sequer pegar uma palavra de esguelha em nossos próprios pensamentos.

32

Mas estou em casa, quanto a isso não há dúvida, exceto que se eu quisesse um morango, ou soltasse a lingueta do sapato de Alice, o velho Herrick em sua tumba *e* Ulysse Lebris gritariam comigo para que deixasse as coisas quietas, e é quando açoito meu pônei esperto e me vou.

Bem, Ulysse então se volta para mim timidamente e apenas olha em meus olhos por um instante, e a seguir desvia seu olhar, pois ele sabe que nenhuma conversa é possível quando cada Lorde e seu bendito gato tem uma opinião sobre *tudo*.

Mas ele olha e diz "Venha aqui ver minha genealogia" o que eu faço, obediente, quer dizer, eu não consigo mais ver nada mesmo, mas com meu dedo sigo uma centena de nomes que de fato se ramificam em todas as direções, todos nomes de Finistère e também Côtes du Nord e Morbihan.

Agora pense por um instante nesses três nomes:

(1) Behan
(2) Mahan
(3) Morbihan

Han? (pois "Mor" significa apenas "Mar" em celta bretão.)

Procuro às cegas pelo velho nome bretão Daoulas, do qual "Duluoz" era uma variação que inventei apenas de brincadeira em minha juventude como escritor (para usar como meu nome em meus romances).

"Onde está o registro de sua família?" dispara Ulysse.

"Na Rivistica Heraldica!" eu brado, quando deveria dizer "Rivista Araldica" que são palavras italianas que significam: "Revista Heráldica".

Ele anota.

A filha entra de novo e diz que leu alguns de meus livros, traduzidos e publicados em Paris por aquele editor que tinha saído para almoçar, e Ulysse fica surpreso. De fato a filha dele quer um autógrafo. Estou mesmo como Jerry Lewis no Paraíso na Bretanha em Israel ficando doidão com Malaquias.

33

DEIXANDO DE LADO TODAS as piadas, M Lebris era, e é, sagaz, um ás – cheguei até mesmo ao ponto de me servir, a meu próprio convite (mas com um educado (?) uh?) de um terceiro conhaque, e na ocasião pensei ter mortificado o *romancier de police* mas ele jamais sequer lançou um olhar em minha direção como se estivesse estudando marcas de minhas digitais no chão – (ou nos curativos) –

O fato é (de novo esse clichê, mas precisamos de sinalizadores), eu e M Lebris falamos pelos cotovelos sobre Proust, de Montherlant, Chateaubriand, (quando disse a Lebris que ele tinha o mesmo nariz), Saskatchewan, Mozart, e a seguir falamos sobre a futilidade do Surrealismo, o encanto do encanto, a flauta de Mozart, até de Vivaldi, meu Deus mencionei até Sebastiano del Piombo e como ele era ainda mais lânguido que Rafael, e ele se opôs com os prazeres de um acolchoado confortante (a essa altura o lembrei paranoicamente do Paracleto), e ele prosseguiu, comentando sobre as glórias da Armórica (antigo nome da Bretanha, *ar*, "sobre", *mor*, "o mar",) e então falei a ele em um travessão de pensamento: – ou hífen: – "*C'est triste de trouver que vous êtes malade, Monsieur Lebris*" (pronunciado Lebriss), "É triste saber que o senhor está doente, Monsieur Lebris, mas uma alegria perceber que está cercado por seus amores, em cuja companhia eu gostaria de sempre me encontrar."

Tudo isso em francês chique e ele respondeu "Muito bem colocado, e com eloquência *e* elegância, de uma maneira nem sempre entendida hoje em dia" (e aqui meio que piscamos um para o outro ao percebermos que íamos começar uma rotina de conversar como dois prefeitos ou arcebispos cheios de si, apenas de brincadeira e para testar meu francês formal), "e não me perturba dizer, diante de minha família e meus amigos, que você é igual ao ídolo que lhe deu sua inspiração" (*que vous êtes l'égale de l'idole qui vous à donnez votre inspiration*), "caso esse pensamento lhe sirva de algum conforto, você que, sem dúvida, não necessita de conforto entre aqueles que o acompanham."

Retomando: "Mas, *certes*, Monsieur, suas palavras, como as farpas floreadas de Henrique V da Inglaterra dirigidas à pobre princesinha francesa, e bem diante da dama de companhia dele, Opa, *dela*, não para cortar mas como dizem os gregos, a esponja de vinagre na boca não era uma crueldade mas (outrossim, como sabemos no mar Mediterrâneo) um trago que mata a sede."

"Bem é claro, dito dessa forma, não haverei de ter mais palavras, mas, em minha debilidade para entender a extensão de minhas vulgaridades, isto é, apoiado por sua fé em meus esforços indignos, a dignidade de nossa troca de palavras sem dúvida é entendida pelos querubins, mas isso não basta, *dignidade* é uma palavra tão exe-crável, e agora, antes – mas não eu não perdi minha linha de raciocínio, Monsieur Kerouac, ele, em sua excelência, e essa excelência que me faz esquecer tudo, a família, a casa, o estabelecimento, em todo caso: – uma esponja banhada em vinagre *mata* a sede?"

"Dizem os gregos. E, e se eu pudesse continuar explicando tudo que sei, seus ouvidos perderiam o ar ocioso que ostentam agora – Você tem, não me interrompa, escute –"

"Ocioso! Uma palavra para o Inspetor-Chefe Charlot, Henri querido!"

O escritor francês de histórias de detetive não está interessado em meu ocioso ou tampouco em meu odioso, mas estou tentando oferecer a você uma reprodução estilosa de como falamos e do que estava acontecendo.

Com certeza detestei deixar aquela doce cabeceira.

Além disso, tinha um monte de brandy ali, como se eu não pudesse sair e comprar um para mim.

Quando disse a ele o lema de minha família ancestral, "*Aimer, Travailler et Souffrir*" (Amar, Trabalhar e Sofrer), ele disse: "Gosto da parte do *Amar*, quanto a Trabalhar me deu hérnia, e Sofrer você me vê agora."

Adeus, Primo!

PS (E o escudo era: "Azul com listras douradas acompanhadas por três tachas prateadas".)

Em resumo: Em "*Armorial Général de J. B. Riestap, Supplement par V. H. Rolland: LEBRIS DE KEROACK – Canada, originaire de Bretagne. D'azur au chevron d'or accompagné de 3 clous d'argent. D: – AIMER, TRAVAILLER ET SOUFFRIR. RIVISTA ARALDICA, IV, 240.*"

E o velho Lebris de Loudéac ele com certeza há de ver Lebris de Kéroak outra vez, a menos que um de nós, ou nós dois, morramos – O que, recordo a meus leitores, remete a: Não há motivo para mudar seu nome a menos que você esteja envergonhado de alguma coisa.

34

Mas fiquei tão fascinado pelo velho de Loudéac, e nada de táxi na Rue de Siam, que tive que me apressar com aquela mala de trinta quilos na mão, trocando de mão em mão, e perdi o trem para Paris por exatos três minutos.

E tive que esperar oito horas até as onze nos cafés ao redor da estação – Falei para o guarda-chaves do pátio de manobras: "Você quer dizer que perdi aquele trem para Paris por *três* minutos? O que vocês bretões estão tentando fazer, me *manter* aqui?" Fui até a extremidade do sistema de sinais e apertei o cilindro lubrificado para ver se cederia e ele cedeu e agora ao menos eu poderia escrever uma carta (vai ser o dia) lá para os guarda-freios da Southern Pacific hoje chefes ferroviários e idosos que na França acoplam de modo diferente, o que suponho que soe como um cartão indecente, mas é verdade, mas que se dane perdi quatro quilos e meio correndo do restaurante de Ulysse Lebris até a estação (um quilômetro e meio) com aquela mala, certo, pro inferno, vou guardar a mala no depósito e beber por oito horas –

Mas, quando destranco a chave da minha pequena valise McCrory (na verdade era Monkey Ward), percebo que estou bêbado e doido demais para abrir a fechadura (estou procurando meus tranquilizantes que você tem que admitir que a essa altura necessito), na valise, a chave está presa à minha roupa de acordo com as instruções de minha mãe – Durante vinte minutos inteiros fico de joelhos ali no setor de bagagens de Brest Bretanha tentando fazer a chavezinha abrir a fechadura de mola, valise barata em todo caso, finalmente em fúria bretã berro "*Ouvre donc maudit!*" (ABRA SUA MALDITA!!) e quebro a fechadura – ouço uma risada – ouço alguém dizer: "Le roi Kerouac" (o rei Kerouac). Ouvi isso de bocas injuriosas na América. Arranco a gravata azul de malha de rayon e, depois de pegar uma ou duas pílulas, e um frasco estranho de conhaque, comprimo a valise com a fechadura quebrada (uma delas quebrada) e amarro a gravata ao redor, faço uma volta completa apertada, puxo firme, e então, agarrando uma ponta da gravata com os dentes e puxando enquanto prendo o nó com o dedo médio, me esforço para passar a outra ponta da gravata ao redor da extremidade retesada e puxada pelos dentes, dar uma laçada por dentro, firme enquanto avança, então desço meus grandes dentes arreganhados até a valise de toda a Bretanha, até estar beijando ela, e *bang!*, a boca puxa para um lado, a mão para o outro, e aquela coisa está amarrada mais firme que o rabo preso do adorado filho da mãe, ou filho da puta, *ou*!

E atiro ela no bagageiro e pego meu ticket de bagagem.

Passo a maior parte do tempo conversando com bretões motoristas de táxis corpulentos e grandões, o que aprendi na Bretanha é "Não tenha medo de ser grande, gordo, seja você mesmo se é grande e gordo". Aqueles patifes bretões grandes e gordos gingam por lá como a última meretriz de verão procurando sua primeira trepada. Você não pode pregar um cravo com um martelo leve, dizem os polacos, bem foi isso que disse Stanley Twardowicz que é outro país em que jamais estive. Você pode pregar um *prego*, mas não um cravo.

Então perambulo por lá fazendo hora, por um tempo suspiro ao avistar trevos no topo de um penhasco onde eu de fato poderia tirar uma soneca de cinco horas exceto que um bando de bichinhas ordinárias ou poetas estão observando cada movimento que faço, em plena tarde, como posso ir deitar na grama alta se algum serralho sabe sobre os $ 100 restantes em meu doce e querido traseiro?

Estou dizendo, estou ficando muito desconfiado dos homens, e agora menos das mulheres, faria Diana chorar, ou tossir de rir, *ou*.

Estava mesmo com medo de adormecer naquele mato, a menos que ninguém visse eu me esgueirar para dentro dele, para meu alçapão afinal, mas ai de mim, os argelinos encontraram um novo lar, para não falar de Bodhidharma e seus garotos caminhando sobre a água desde a caldeia (e caminhar sobre a água não é obra de um dia).

Por que resiste o vigor do leitor? O trem chegou às onze e subi no vagão de primeira classe e entrei na primeira cabine e fiquei sozinho e coloquei os pés em cima do assento da frente enquanto o trem rodava embora e ouvi alguém dizer para outro sujeito:-

"*Le roi n'est pas amusez.*" (O rei não está se divertindo.) ("Seu punheteiro!" eu devia gritar pela janela.)

E um aviso dizia: – "Não atire nada pela janela" e gritei "*J'n'ai rien à jeter en dehors du chaussi, ainque ma tête!*" (Não tenho nada para jogar pela janela, apenas minha cabeça.) Minha mala estava comigo – ouvi do outro vagão, "*Ça c'est un Kérouac*", (Então esse é um Kerouac) – nem penso que eu estivesse ouvindo direito, mas não esteja tão certo disso, não só sobre a Bretanha mas sobre uma terra de druidas e bruxaria e feiticeiros e fadas – (não Lebris) –

Apenas me deixe informar a você sobre o último acontecimento de que me lembro em Brest: – receoso de dormir naqueles matos, que não apenas ficavam à beira de penhascos em plena vista das pessoas nas janelas de terceiro andar mas como eu disse em plena vista de marginais errantes, em desespero simplesmente sentei com os taxistas no ponto de táxi, eu na parede de pedra – De repente estourou uma feroz discussão entre um corpulento motorista bretão de olhos azuis e um motorista magrinho bigodudo espanhol ou argelino creio ou talvez provençal, ouvi eles dizendo seu "Venha cá, se quer começar alguma coisa comigo *comece*" (o bretão) e o mais jovem de bigode "Rrrratratratra!" (uma briga sobre as posições no ponto de táxi, e lá estava eu que há algumas horas não conseguia achar um táxi na rua principal) – nesse momento eu estava sentado na pedra do meio-fio observando o progresso de uma pequenina lagarta em cujo destino eu estava particularmente absorto é claro, e disse para o primeiro táxi da fila no ponto de táxi:

"Pelo amor de Deus antes de mais nada, *circulem*, circulem pela cidade em busca de corridas, não fiquem parados nessa estação de trem vazia, pode ser que um Évêque queira uma corrida em função de uma visita repentina a um benfeitor da igreja –"

"Bem, é o sindicato" etc.

Eu disse "Veja aqueles dois filhos da puta brigando ali, não gosto dele."

Nenhuma resposta.

"Não gosto daquele que não é bretão – não do velho, do *jovem*."

O motorista de táxi desvia o olhar para um novo acontecimento em frente à estação de trem, ou seja, uma jovem mãe vespertina carregando uma criança nos braços e um vagabundo não bretão de motocicleta vindo entregar um telegrama quase derrubando a moça, mas ao menos quase matando ela de susto.

"Esse", digo para meu irmão bretão, "é um *voyou*" (vagabundo) – "Por que ele fez isso para aquela senhora e seu filho?"

"Para atrair toda nossa atenção", ele praticamente olhou de soslaio. Acrescentou: "Tenho esposa e filhos no morro, do outro lado da baía que você vê ali, com os barcos..."

"Vagabundos foram o que garantiu o início de Hitler."

"Sou o primeiro da fila nesse ponto de táxi, deixe que briguem e sejam tão vagabundos quanto queiram – Quando chega a hora, a hora chega."

"*Bueno*", disse eu como um pirata espanhol de St Malo, "*Garde a campagne*". (Guarde sua zona rural.)

Ele nem teve que responder, aquele grande bretão corpulento de cem quilos, primeiro da fila no ponto de táxi, seus próprios olhos iriam rechaçar afundar ou qualquer coisa assim que quisessem jogar nele, e Ó grande merda Jack, as pessoas não estão dormindo.

E quando digo "as pessoas" não me refiro àquela massa criada-nos-livros primeiro denominada de "Proletariado" para mim na Columbia College, e agora denominada para mim de "Desajustados Desempregados Desencantados Residentes em Guetos", ou de "Mods e Rods" na Inglaterra, quero dizer, as Pessoas são o primeiro, segundo, terceiro, quarto, quinto, sexto, sétimo, oitavo, nono, décimo, décimo primeiro e décimo segundo na fila do ponto de táxi e se você tentar azucrinar essa gente pode se ver com uma lâmina de grama na vesícula, que corta muitíssimo bem.

35

O CONDUTOR ME VÊ COM os pés em cima do outro assento e grita "*Les pieds a terre!*" (Pés no chão!) Meus sonhos de ser um legítimo descendente dos Príncipes da Bretanha são despedaçados também pelo velho maquinista francês apitando no cruzamento o que quer que apitem nos cruzamentos franceses, e despedaçados também é claro pela ordem daquele condutor, mas então olho a placa acima do assento onde meus pés haviam estado:-

"*Assento reservado para feridos a serviço da França.*"

Assim me levanto e vou para a cabine seguinte, e o condutor aparece para pegar minha passagem e eu digo "Não tinha visto aquela placa".

Ele diz "Tabem, mas tire os sapatos".

Esse Rei vai rodar em segundo plano em relação a qualquer um contanto que ele saiba soprar como meu Senhor.

36

E A NOITE INTEIRA, sozinho em um velho vagão de passageiros, Ó Anna Kerenina, Ó Myshkin, Ó Rogozhin, volto a St Brieuc, Rennes, pego meu brandy, e lá está Chartres ao alvorecer –

Chegada em Paris pela manhã.

A essa altura, desde o frio da Bretanha, estou com uma camisa folgada de flanela, com lenço por dentro do colarinho, sem barbear, guardo o chapéu ridículo dentro da valise, fecho-a de novo com os dentes e agora, com meu bilhete da Air France para voltar a Tampa Flórida estou pronto como as costelas mais gordas dos supermercados Winn Dixie, bom Deus.

37

No meio da noite, a propósito, enquanto me maravilho com o jogo de escuridão e luz, um doido impaciente de 28 anos entrou no trem com uma garota de onze anos e acompanhou ela até a cabine de feridos, onde pude ouvir ele gritando por horas até ela lançar um olhar de poucos amigos para ele e adormecer sozinha em seu assento – *La Muse de la Départment* e *Le Provinçial à Paris* desencontrados por uns poucos anos, Ó Balzac, Ó de fato Nabokov... (A Poetisa das Províncias e o Jeca em Paris.) (Queque você espera com o Príncipe da Bretanha a uma cabine dali?)

38

Então cá estamos em Paris. Tudo acabado. De agora em diante encerrei com todas e quaisquer formas de vida em Paris. Carregando minha mala sou abordado por um agenciador de táxis na saída. "Quero ir para Orly" eu digo.

"Venha!"

"Mas primeiro preciso de uma cerveja e um conhaque do outro lado da rua!"

"Desculpe não dá tempo!" e ele se volta para outros clientes que chamam e percebo que posso muito bem picar minha mula se estarei em casa hoje domingo de noite na Flórida de modo que digo:-

"Okay. *Bon, allons.*"

Ele agarra minha mala e arrasta ela para o táxi à espera na calçada nevoenta. Um motorista parisiense de bigodinho está acomodando duas senhoras com um bebê nos braços na parte de trás do veículo e enquanto isso socando a bagagem delas no porta-malas. Meu companheiro soca minha mala lá dentro, pede três ou cinco francos, mesqueci. Olho pro taxista como quem diz "Na frente?" e ele diz com a cabeça "É".

Digo a mim mesmo "Outro filho da puta narigudinho nessa merda de *Paris-est-Pourri*, ele não ligaria se você assasse a avó em brasas contanto que ele pudesse pegar os brincos e quem sabe os dentes de ouro dela".

No banco da frente do pequeno táxi esporte procuro em vão pelo cinzeiro na porta dianteira à minha direita. Ele saca um estranho arranjo de cinzeiro de debaixo do painel, com um sorriso. Então se vira para as duas senhoras ali atrás enquanto zune através daquela intersecção sêxtupla logo depois de Toulouse-Lautrec e fala esganiçado:

"Que graça de criança! Qual a idade dela?"

"Oh, sete meses."

"Quantos mais você tem?"

"Dois."

"E essa é sua, uh, mãe?"

"Não minha tia."

"Foi o que pensei, claro, ela não se parece com você, claro eu e minha percepção esquisita – Em todo caso uma criança encantadora, uma mãe sobre quem não precisamos dizer mais nada, *a respeito*, e uma tia que faz toda Auvergne se rejubilar!"

"Como soube que somos de Auvergne?!"

"Instinto, instinto, visto que eu sou! Como vai você aí, meu camarada, indo aonde?"

"Eu?" digo com funesta voz bretã. "Para a Flórida" (*à Floride*).

"Ah deve ser lindo lá! E você, minha cara tia, quantos filhos teve?"

"Ah – sete."

"Tsc, tsc, quase um tanto demais. E a pequenina está dando muito trabalho?"

"Não – nadinha."

"Bem eis aí. Tudo bem, realmente", girando em um amplo arco a 110 quilômetros por hora em torno da Sainte Chapelle onde conforme eu disse antes está guardado um pedaço da Cruz Verdadeira que lá foi colocado por St Louis da França, Rei Luís IX, e eu disse:-

"*Aquela* é la Saint Chapelle? Queria ver."

"Senhoras", diz ele para o assento de trás, "para onde estão indo? Ah sim, Gare St-Lazare, sim, chegamos – Mais um minuto" – Zapt –

"Chegamos" e ele salta enquanto fico ali sentado apatetado e abestado e puxa as valises delas, assobia para um garoto, despacha as malas com bebê e tudo rapidamente, e salta de volta para dentro do táxi a sós comigo dizendo: "Orly né?"

"É, *mais*, mas, Monsieur, um copo de cerveja para a viagem."

"Bah – isso vai demorar dez minutos."

"Dez minutos é tempo demais."

Ele olha sério para mim.

"Bem, posso parar em um café no caminho onde posso estacionar em fila dupla e você engole bem depressa porque estou trabalhando nessa manhã de domingo, ah, vida."

"Bebe uma comigo."

Zapt.

"Aqui está. Descendo."

Saltamos, corremos para dentro do café agora em meio à chuva, e nos enfiamos no bar e pedimos duas cervejas. Digo a ele:-

"Se você está mesmo com pressa vou te mostrar como enxugar uma cerveja!"

"Não precisa", diz ele tristonho, "temos um minuto."

De repente ele me lembra Fournier o corretor de apostas de Brest.

Ele me diz seu nome, de Auvergne, eu o meu, da Bretanha.

E no exato instante em que sei que ele está pronto para zarpar abro minha garganta e deixo meia garrafa de cerveja descer goela abaixo, um truque que aprendi na fraternidade Phi Gamma Delta vejo agora que por um belo motivo (em cervejadas até o amanhecer, e sem o boné do grupo porque recusei e além do mais estava no time de futebol americano), e no táxi saltamos como assaltantes de banco e ZAM! vamos a 140 na autoestrada escorregadia de chuva para Orly, ele me diz a quantos quilômetros está indo, olho pela janela e imagino que é nossa velocidade de cruzeiro até o próximo bar no Texas.

Discutimos política, assassinatos, casamentos, celebridades, e quando chegamos a Orly ele puxa minha mala para fora do bagageiro e eu pago e ele pula de volta e diz (em francês): "Não quero me repetir, meu chapa, mas hoje estou trabalhando no domingo para sustentar minha mulher e filhos – E ouvi o que você contou sobre famílias em Quebec que tinham uns vinte ou 25 filhos, isso é demais, é sim – Eu tenho só dois – Mas, trabalho, sim, voceviu, isso e aquilo, ou como você Monsieur diz issso e aquiloo, em todo caso, obrigado, seja bondoso, estou indo."

"Adieu, Monsieur Raymond Baillet", eu digo.

O taxista do Satori da página um.

Quando Deus diz "Eu sou vivido", já teremos esquecido de que se tratava a despedida.

Coleção **L&PM** POCKET

1. **Catálogo geral da Coleção**
2. **Poesias** – Fernando Pessoa
3. **O livro dos sonetos** – org. Sergio Faraco
4. **Hamlet** – Shakespeare / trad. Millôr
5. **Isadora, frag. autobiográficos** – Isadora Duncan
6. **Histórias sicilianas** – G. Lampedusa
7. **O relato de Arthur Gordon Pym** – Edgar A. Poe
8. **A mulher mais linda da cidade** – Bukowski
9. **O fim de Montezuma** – Hernan Cortez
10. **A ninfomania** – D. T. Bienville
11. **As aventuras de Robinson Crusoé** – D. Defoe
12. **Histórias de amor** – A. Bioy Casares
13. **Armadilha mortal** – Roberto Arlt
14. **Contos de fantasmas** – Daniel Defoe
15. **Os pintores cubistas** – G. Apollinaire
16. **A morte de Ivan Ilitch** – L.Tolstói
17. **A desobediência civil** – D. H. Thoreau
18. **Liberdade, liberdade** – F. Rangel e M. Fernandes
19. **Cem sonetos de amor** – Pablo Neruda
20. **Mulheres** – Eduardo Galeano
21. **Cartas a Théo** – Van Gogh
22. **Don Juan** – Molière / Trad. Millôr Fernandes
24. **Horla** – Guy de Maupassant
25. **O caso de Charles Dexter Ward** – Lovecraft
26. **Vathek** – William Beckford
27. **Hai-Kais** – Millôr Fernandes
28. **Adeus, minha adorada** – Raymond Chandler
29. **Cartas portuguesas** – Mariana Alcoforado
30. **A mensageira das violetas** – Florbela Espanca
31. **Espumas flutuantes** – Castro Alves
32. **Dom Casmurro** – Machado de Assis
34. **Alves & Cia.** – Eça de Queiroz
35. **Uma temporada no inferno** – A. Rimbaud
36. **A corresp. de Fradique Mendes** – Eça de Queiroz
38. **Antologia poética** – Olavo Bilac
39. **O rei Lear** – Shakespeare
40. **Memórias póstumas de Brás Cubas** – Machado de Assis
41. **Que loucura!** – Woody Allen
42. **O duelo** – Casanova
44. **Gentidades** – Darcy Ribeiro
45. **Memórias de um Sargento de Milícias** – Manuel Antônio de Almeida
46. **Os escravos** – Castro Alves
47. **O desejo pego pelo rabo** – Pablo Picasso
48. **Os inimigos** – Máximo Gorki
49. **O colar de veludo** – Alexandre Dumas
50. **Livro dos bichos** – Vários
52. **Quincas Borba** – Machado de Assis
53. **O exército de um homem só** – Moacyr Scliar
54. **Frankenstein** – Mary Shelley
55. **Dom Segundo Sombra** – Ricardo Güiraldes
56. **De vagões e vagabundos** – Jack London
57. **O homem bicentenário** – Isaac Asimov
58. **A viuvinha** – José de Alencar
59. **Livro das cortesãs** – org. de Sergio Faraco
60. **Últimos poemas** – Pablo Neruda
61. **A moreninha** – Joaquim Manuel de Macedo
62. **Cinco minutos** – José de Alencar
63. **Saber envelhecer e a amizade** – Cícero
64. **Enquanto a noite não chega** – J. Guimarães

65. **Tufão** – Joseph Conrad
66. **Aurélia** – Gérard de Nerval
67. **I-Juca-Pirama** – Gonçalves Dias
68. **Fábulas** – Esopo
69. **Teresa Filósofa** – Anônimo do Séc. XVIII
70. **Avent. inéditas de Sherlock Holmes** – Arthur Conan Doyle
71. **Quintana de bolso** – Mario Quintana
72. **Antes e depois** – Paul Gauguin
73. **A morte de Olivier Bécaille** – Émile Zola
74. **Iracema** – José de Alencar
75. **Iaiá Garcia** – Machado de Assis
76. **Utopia** – Tomás Morus
77. **Sonetos para amar o amor** – Camões
78. **Carmem** – Prosper Mérimée
79. **Senhora** – José de Alencar
80. **Hagar, o horrível 1** – Dik Browne
81. **O coração das trevas** – Joseph Conrad
82. **Um estudo em vermelho** – Arthur Conan Doyle
83. **Todos os sonetos** – Augusto dos Anjos
84. **A propriedade é um roubo** – P.-J. Proudhon
85. **Drácula** – Bram Stoker
86. **O marido complacente** – Sade
87. **De profundis** – Oscar Wilde
88. **Sem plumas** – Woody Allen
89. **Os bruzundangas** – Lima Barreto
90. **O cão dos Baskervilles** – Arthur Conan Doyle
91. **Paraísos artificiais** – Charles Baudelaire
92. **Cândido, ou o otimismo** – Voltaire
93. **Triste fim de Policarpo Quaresma** – Lima Barreto
94. **Amor de perdição** – Camilo Castelo Branco
95. **A megera domada** – Shakespeare / trad. Millôr
96. **O mulato** – Aluísio Azevedo
97. **O alienista** – Machado de Assis
98. **O livro dos sonhos** – Jack Kerouac
99. **Noite na taverna** – Álvares de Azevedo
100. **Aura** – Carlos Fuentes
102. **Contos gauchescos e Lendas do sul** – Simões Lopes Neto
103. **O cortiço** – Aluísio Azevedo
104. **Marília de Dirceu** – T. A. Gonzaga
105. **O Primo Basílio** – Eça de Queiroz
106. **O ateneu** – Raul Pompéia
107. **Um escândalo na Boêmia** – Arthur Conan Doyle
108. **Contos** – Machado de Assis
109. **200 Sonetos** – Luis Vaz de Camões
110. **O príncipe** – Maquiavel
111. **A escrava Isaura** – Bernardo Guimarães
112. **O solteirão nobre** – Conan Doyle
114. **Shakespeare de A a Z** – Shakespeare
115. **A relíquia** – Eça de Queiroz
117. **Livro do corpo** – Vários
118. **Lira dos 20 anos** – Álvares de Azevedo
119. **Esaú e Jacó** – Machado de Assis
120. **A barcarola** – Pablo Neruda
121. **Os conquistadores** – Júlio Verne
122. **Contos breves** – G. Apollinaire
123. **Taipi** – Herman Melville
124. **Livro dos desaforos** – org. de Sergio Faraco

125. A mão e a luva – Machado de Assis
126. Doutor Miragem – Moacyr Scliar
127. O penitente – Isaac B. Singer
128. Diários da descoberta da América – Cristóvão Colombo
129. Édipo Rei – Sófocles
130. Romeu e Julieta – Shakespeare
131. Hollywood – Bukowski
132. Billy the Kid – Pat Garrett
133. Cuca fundida – Woody Allen
134. O jogador – Dostoiévski
135. O livro da selva – Rudyard Kipling
136. O vale do terror – Arthur Conan Doyle
137. Dançar tango em Porto Alegre – S. Faraco
138. O gaúcho – Carlos Reverbel
139. A volta ao mundo em oitenta dias – J. Verne
140. O livro dos esnobes – W. M. Thackeray
141. Amor & morte em Poodle Springs – Raymond Chandler & R. Parker
142. As aventuras de David Balfour – Stevenson
143. Alice no país das maravilhas – Lewis Carroll
144. A ressurreição – Machado de Assis
145. Inimigos, uma história de amor – I. Singer
146. O Guarani – José de Alencar
147. A cidade e as serras – Eça de Queiroz
148. Eu e outras poesias – Augusto dos Anjos
149. A mulher de trinta anos – Balzac
150. Pomba enamorada – Lygia F. Telles
151. Contos fluminenses – Machado de Assis
152. Antes de Adão – Jack London
153. Intervalo amoroso – A.Romano de Sant'Anna
154. Memorial de Aires – Machado de Assis
155. Naufrágios e comentários – Cabeza de Vaca
156. Ubirajara – José de Alencar
157. Textos anarquistas – Bakunin
158. Amor de salvação – Camilo Castelo Branco
159. Amor de salvação – Camilo Castelo Branco
160. O gaúcho – José de Alencar
161. O livro das maravilhas – Marco Polo
162. Inocência – Visconde de Taunay
163. Helena – Machado de Assis
164. Uma estação de amor – Horácio Quiroga
165. Poesia reunida – Martha Medeiros
166. Memórias de Sherlock Holmes – Conan Doyle
167. A vida de Mozart – Stendhal
168. O primeiro terço – Neal Cassady
169. O mandarim – Eça de Queiroz
170. Um espinho de marfim – Marina Colasanti
171. A ilustre Casa de Ramires – Eça de Queiroz
172. Lucíola – José de Alencar
173. Antígona – Sófocles - trad. Donaldo Schüler
174. Otelo – William Shakespeare
175. Antologia – Gregório de Matos
176. A liberdade de imprensa – Karl Marx
177. Casa de pensão – Aluísio Azevedo
178. São Manuel Bueno, Mártir – Unamuno
179. Primaveras – Casimiro de Abreu
180. O noviço – Martins Pena
181. O sertanejo – José de Alencar
182. Eurico, o presbítero – Alexandre Herculano
183. O signo dos quatro – Conan Doyle
184. Sete anos no Tibet – Heinrich Harrer
185. Vagamundo – Eduardo Galeano
186. De repente acidentes – Carl Solomon
187. As minas de Salomão – Rider Haggar
188. Uivo – Allen Ginsberg
189. A ciclista solitária – Conan Doyle
190. Os seis bustos de Napoleão – Conan Doyle
191. Cortejo do divino – Nelida Piñon
194. Os crimes do amor – Marquês de Sade
195. Besame Mucho – Mário Prata
196. Tuareg – Alberto Vázquez-Figueroa
197. O longo adeus – Raymond Chandler
199. Notas de um velho safado – Bukowski
200. 111 ais – Dalton Trevisan
201. O nariz – Nicolai Gogol
202. O capote – Nicolai Gogol
203. Macbeth – William Shakespeare
204. Heráclito – Donaldo Schüler
205. Você deve desistir, Osvaldo – Cyro Martins
206. Memórias de Garibaldi – A. Dumas
207. A arte da guerra – Sun Tzu
208. Fragmentos – Caio Fernando Abreu
209. Festa no castelo – Moacyr Scliar
210. O grande deflorador – Dalton Trevisan
212. Homem do príncipio ao fim – Millôr Fernandes
213. Aline e seus dois namorados (1) – A. Iturrusgarai
214. A juba do leão – Sir Arthur Conan Doyle
215. Assassino metido a esperto – R. Chandler
216. Confissões de um comedor de ópio – Thomas De Quincey
217. Os sofrimentos do jovem Werther – Goethe
218. Fedra – Racine / Trad. Millôr Fernandes
219. O vampiro de Sussex – Conan Doyle
220. Sonho de uma noite de verão – Shakespeare
221. Dias e noites de amor e de guerra – Galeano
222. O Profeta – Khalil Gibran
223. Flávia, cabeça, tronco e membros – M. Fernandes
224. Guia da ópera – Jeanne Suhamy
225. Macário – Álvares de Azevedo
226. Etiqueta na prática – Celia Ribeiro
227. Manifesto do partido comunista – Marx & Engels
228. Poemas – Millôr Fernandes
229. Um inimigo do povo – Henrik Ibsen
230. O paraíso destruído – Frei B. de las Casas
231. O gato no escuro – Josué Guimarães
232. O mágico de Oz – L. Frank Baum
233. Armas no Cyrano's – Raymond Chandler
234. Max e os felinos – Moacyr Scliar
235. Nos céus de Paris – Alcy Cheuiche
236. Os bandoleiros – Schiller
237. A primeira coisa que eu botei na boca – Deonísio da Silva
238. As aventuras de Simbad, o marújo
239. O retrato de Dorian Gray – Oscar Wilde
240. A carteira de meu tio – J. Manuel de Macedo
241. A luneta mágica – J. Manuel de Macedo
242. A metamorfose – Kafka
243. A flecha de ouro – Joseph Conrad
244. A ilha do tesouro – R. L. Stevenson
245. Marx - Vida & Obra – José A. Giannotti
246. Gênesis
247. Unidos para sempre – Ruth Rendell
248. A arte de amar – Ovídio
249. O sono eterno – Raymond Chandler
250. Novas receitas do Anonymus Gourmet – J.A.P.M.
251. A nova catacumba – Arthur Conan Doyle
252. Dr. Negro – Arthur Conan Doyle

253. Os voluntários – Moacyr Scliar
254. A bela adormecida – Irmãos Grimm
255. O príncipe sapo – Irmãos Grimm
256. Confissões e Memórias – H. Heine
257. Viva o Alegrete – Sergio Faraco
258. Vou estar esperando – R. Chandler
259. A senhora Beate e seu filho – Schnitzler
260. O ovo apunhalado – Caio Fernando Abreu
261. O ciclo das águas – Moacyr Scliar
262. Millôr Definitivo – Millôr Fernandes
264. Viagem ao centro da Terra – Júlio Verne
265. A dama do lago – Raymond Chandler
266. Caninos brancos – Jack London
267. O médico e o monstro – R. L. Stevenson
268. A tempestade – William Shakespeare
269. Assassinatos na rua Morgue – E. Allan Poe
270. 99 corruíras nanicas – Dalton Trevisan
271. Broquéis – Cruz e Sousa
272. Mês de cães danados – Moacyr Scliar
273. Anarquistas – vol. 1 – A idéia – G.Woodcock
274. Anarquistas – vol. 2 – O movimento – G.Woodcock
275. Pai e filho, filho e pai – Moacyr Scliar
276. As aventuras de Tom Sawyer – Mark Twain
277. Muito barulho por nada – W. Shakespeare
278. Elogio da loucura – Erasmo
279. Autobiografia de Alice B. Toklas – G. Stein
280. O chamado da floresta – J. London
281. Uma agulha para o diabo – Ruth Rendell
282. Verdes vales do fim do mundo – A. Bivar
283. Ovelhas negras – Caio Fernando Abreu
284. O fantasma de Canterville – O. Wilde
285. Receitas de Yayá Ribeiro – Celia Ribeiro
286. A galinha degolada – H. Quiroga
287. O último adeus de Sherlock Holmes – A. Conan Doyle
288. A. Gourmet em Histórias de cama & mesa – J. A. Pinheiro Machado
289. Topless – Martha Medeiros
290. Mais receitas do Anonymus Gourmet – J. A. Pinheiro Machado
291. Origens do discurso democrático – D. Schüler
292. Humor politicamente incorreto – Nani
293. O teatro do bem e do mal – E. Galeano
294. Garibaldi & Manoela – J. Guimarães
295. 10 dias que abalaram o mundo – John Reed
296. Numa fria – Bukowski
297. Poesia de Florbela Espanca vol. 1
298. Poesia de Florbela Espanca vol. 2
299. Escreva certo – E. Oliveira e M. E. Bernd
300. O vermelho e o negro – Stendhal
301. Ecce homo – Friedrich Nietzsche
302. (7). Comer bem, sem culpa – Dr. Fernando Lucchese, A. Gourmet e Iotti
303. O livro de Cesário Verde – Cesário Verde
304. 100 receitas de macarrão – S. Lancellotti
305. 160 receitas de molhos – S. Lancellotti
307. 100 receitas light – H. e Â. Tonetto
308. 100 receitas de sobremesas – Celia Ribeiro
309. Mais de 100 dicas de churrasco – Leon Diziekaniak
310. 100 receitas de acompanhamentos – C. Cabeda
311. Honra ou vendetta – S. Lancellotti
312. A alma do homem sob o socialismo – Oscar Wilde
313. Tudo sobre Yôga – Mestre De Rose
314. Os varões assinalados – Tabajara Ruas
315. Édipo em Colono – Sófocles
316. Lisístrata – Aristófanes / trad. Millôr
317. Sonhos de Bunker Hill – John Fante
318. Os deuses de Raquel – Moacyr Scliar
319. O colosso de Marússia – Henry Miller
320. As eruditas – Molière / trad. Millôr
321. Radicci 1 – Iotti
322. Os Sete contra Tebas – Ésquilo
323. Brasil Terra à vista – Eduardo Bueno
324. Radicci 2 – Iotti
325. Júlio César – William Shakespeare
326. A carta de Pero Vaz de Caminha
327. Cozinha Clássica – Sílvio Lancellotti
328. Madame Bovary – Gustave Flaubert
329. Dicionário do viajante insólito – M. Sclíar
330. O capitão saiu para o almoço... – Bukowski
331. A carta roubada – Edgar Allan Poe
332. É tarde para saber – Josué Guimarães
333. O livro de bolso da Astrologia – Maggy Harrisonx e Mellina Li
334. 1933 foi um ano ruim – John Fante
335. 100 receitas de arroz – Aninha Comas
336. Guia prático do Português correto – vol. 1 – Cláudio Moreno
337. Bartleby, o escriturário – H. Melville
338. Enterrem meu coração na curva do rio – Dee Brown
339. Um conto de Natal – Charles Dickens
340. Cozinha sem segredos – J. A. P. Machado
341. A dama das Camélias – A. Dumas Filho
342. Alimentação saudável – H. e Â. Tonetto
343. Continhos galantes – Dalton Trevisan
344. A Divina Comédia – Dante Alighieri
345. A Dupla Sertanojo – Santiago
346. Cavalos do amanhecer – Mario Arregui
347. Biografia de Vincent van Gogh por sua cunhada – Jo van Gogh-Bonger
348. Radicci 3 – Iotti
349. Nada de novo no front – E. M. Remarque
350. A hora dos assassinos – Henry Miller
351. Flush – Memórias de um cão – Virginia Woolf
352. A guerra no Bom Fim – M. Sclíar
353. (1). O caso Saint-Fiacre – Simenon
354. (2). Morte na alta sociedade – Simenon
355. (3). O cão amarelo – Simenon
356. (4). Maigret e o homem do banco – Simenon
357. As uvas e o vento – Pablo Neruda
358. On the road – Jack Kerouac
359. O coração amarelo – Pablo Neruda
360. Livro das perguntas – Pablo Neruda
361. Noite de Reis – William Shakespeare
362. Manual de Ecologia (vol.1) – J. Lutzenberger
363. O mais longo dos dias – Cornelius Ryan
364. Foi bom prá você? – Nani
365. Crepusculário – Pablo Neruda
366. A comédia dos erros – Shakespeare
367. (5). A primeira investigação de Maigret – Simenon
368. (6). As férias de Maigret – Simenon
369. Mate-me por favor (vol.1) – L. McNeil
370. Mate-me por favor (vol.2) – L. McNeil

371. Carta ao pai – Kafka
372. Os vagabundos iluminados – J. Kerouac
373(7). O enforcado – Simenon
374(8). A fúria de Maigret – Simenon
375. Vargas, uma biografia política – H. Silva
376. Poesia reunida (vol.1) – A. R. de Sant'Anna
377. Poesia reunida (vol.2) – A. R. de Sant'Anna
378. Alice no país do espelho – Lewis Carroll
379. Residência na Terra 1 – Pablo Neruda
380. Residência na Terra 2 – Pablo Neruda
381. Terceira Residência – Pablo Neruda
382. O delírio amoroso – Bocage
383. Futebol ao sol e à sombra – E. Galeano
384(9). O porto das brumas – Simenon
385(10). Maigret e seu morto – Simenon
386. Radicci 4 – Iotti
387. Boas maneiras & sucesso nos negócios – Celia Ribeiro
388. Uma história Farroupilha – M. Scliar
389. Na mesa ninguém envelhece – J. A. Pinheiro Machado
390. 200 receitas inéditas do Anonymus Gourmet – J. A. Pinheiro Machado
391. Guia prático do Português correto – vol.2 – Cláudio Moreno
392. Breviário das terras do Brasil – Assis Brasil
393. Cantos Cerimoniais – Pablo Neruda
394. Jardim de Inverno – Pablo Neruda
395. Antonio e Cleópatra – William Shakespeare
396. Tróia – Cláudio Moreno
397. Meu tio matou um cara – Jorge Furtado
398. O anatomista – Federico Andahazi
399. As viagens de Gulliver – Jonathan Swift
400. Dom Quixote – (v. 1) – Miguel de Cervantes
401. Dom Quixote – (v. 2) – Miguel de Cervantes
402. Sozinho no Pólo Norte – Thomaz Brandolin
403. Matadouro 5 – Kurt Vonnegut
404. Delta de Vênus – Anaïs Nin
405. O melhor de Hagar 2 – Dik Browne
406. É grave Doutor? – Nani
407. Orai pornô – Nani
408(11). Maigret em Nova York – Simenon
409(12). O assassino sem rosto – Simenon
410(13). O mistério das jóias roubadas – Simenon
411. A irmãzinha – Raymond Chandler
412. Três contos – Gustave Flaubert
413. De ratos e homens – John Steinbeck
414. Lazarilho de Tormes – Anônimo do séc. XVI
415. Triângulo das águas – Caio Fernando Abreu
416. 100 receitas de carnes – Sílvio Lancellotti
417. Histórias de robôs: vol. 1 – org. Isaac Asimov
418. Histórias de robôs: vol. 2 – org. Isaac Asimov
419. Histórias de robôs: vol. 3 – org. Isaac Asimov
420. O país dos centauros – Tabajara Ruas
421. A república de Anita – Tabajara Ruas
422. A carga dos lanceiros – Tabajara Ruas
423. Um amigo de Kafka – Isaac Singer
424. As alegres matronas de Windsor – Shakespeare
425. Amor e exílio – Isaac Bashevis Singer
426. Use & abuse do seu signo – Marília Fiorillo e Marylou Simonsen
427. Pigmaleão – Bernard Shaw
428. As fenícias – Eurípides
429. Everest – Thomaz Brandolin
430. A arte de furtar – Anônimo do séc. XVI
431. Billy Bud – Herman Melville
432. A rosa separada – Pablo Neruda
433. Elegia – Pablo Neruda
434. A garota de Cassidy – David Goodis
435. Como fazer a guerra: máximas de Napoleão – Balzac
436. Poemas escolhidos – Emily Dickinson
437. Gracias por el fuego – Mario Benedetti
438. O sofá – Crébillon Fils
439. O "Martín Fierro" – Jorge Luis Borges
440. Trabalhos de amor perdidos – W. Shakespeare
441. O melhor de Hagar 3 – Dik Browne
442. Os Maias (volume1) – Eça de Queiroz
443. Os Maias (volume2) – Eça de Queiroz
444. Anti-Justine – Restif de La Bretonne
445. Juventude – Joseph Conrad
446. Contos – Eça de Queiroz
447. Janela para a morte – Raymond Chandler
448. Um amor de Swann – Marcel Proust
449. À paz perpétua – Immanuel Kant
450. A conquista do México – Hernan Cortez
451. Defeitos escolhidos e 2000 – Pablo Neruda
452. O casamento do céu e do inferno – William Blake
453. A primeira viagem ao redor do mundo – Antonio Pigafetta
454(14). Uma sombra na janela – Simenon
455(15). A noite da encruzilhada – Simenon
456(16). A velha senhora – Simenon
457. Sartre – Annie Cohen-Solal
458. Discurso do método – René Descartes
459. Garfield em grande forma (1) – Jim Davis
460. Garfield está de dieta (2) – Jim Davis
461. O livro das feras – Patricia Highsmith
462. Viajante solitário – Jack Kerouac
463. Auto da barca do inferno – Gil Vicente
464. O livro vermelho dos pensamentos de Millôr – Millôr Fernandes
465. O livro dos abraços – Eduardo Galeano
466. Voltaremos! – José Antonio Pinheiro Machado
467. Rango – Edgar Vasques
468(8). Dieta mediterrânea – Dr. Fernando Lucchese e José Antonio Pinheiro Machado
469. Radicci 5 – Iotti
470. Pequenos pássaros – Anaïs Nin
471. Guia prático do Português correto – vol.3 – Cláudio Moreno
472. Atire no pianista – David Goodis
473. Antologia Poética – García Lorca
474. Alexandre e César – Plutarco
475. Uma espiã na casa do amor – Anaïs Nin
476. A gorda do Tiki Bar – Dalton Trevisan
477. Garfield um gato de peso (3) – Jim Davis
478. Canibais – David Coimbra
479. A arte de escrever – Arthur Schopenhauer
480. Pinóquio – Carlo Collodi
481. Misto-quente – Bukowski
482. A lua na sarjeta – David Goodis
483. O melhor do Recruta Zero (1) – Mort Walker
484. Aline: TPM – tensão pré-monstrual (2) – Adão Iturrusgarai

485. Sermões do Padre Antonio Vieira
486. Garfield numa boa (4) – Jim Davis
487. Mensagem – Fernando Pessoa
488. Vendeta *seguido de* A paz conjugal – Balzac
489. Poemas de Alberto Caeiro – Fernando Pessoa
490. Ferragus – Honoré de Balzac
491. A duquesa de Langeais – Honoré de Balzac
492. A menina dos olhos de ouro – Honoré de Balzac
493. O lírio do vale – Honoré de Balzac
494(17). A barcaça da morte – Simenon
495(18). As testemunhas rebeldes – Simenon
496(19). Um engano de Maigret – Simenon
497(1). A noite das bruxas – Agatha Christie
498(2). Um passe de mágica – Agatha Christie
499(3). Nêmesis – Agatha Christie
500. Esboço para uma teoria das emoções – Sartre
501. Renda básica de cidadania – Eduardo Suplicy
502(1). Pílulas para viver melhor – Dr. Lucchese
503(2). Pílulas para prolongar a juventude – Dr. Lucchese
504(3). Desembarcando o diabetes – Dr. Lucchese
505(4). Desembarcando o sedentarismo – Dr. Fernando Lucchese e Cláudio Castro
506(5). Desembarcando a hipertensão – Dr. Lucchese
507(6). Desembarcando o colesterol – Dr. Fernando Lucchese e Fernanda Lucchese
508. Estudos de mulher – Balzac
509. O terceiro tira – Flann O'Brien
510. 100 receitas de aves e ovos – J. A. P. Machado
511. Garfield em toneladas de diversão (5) – Jim Davis
512. Trem-bala – Martha Medeiros
513. Os cães ladram – Truman Capote
514. O Kama Sutra de Vatsyayana
515. O crime do Padre Amaro – Eça de Queiroz
516. Odes de Ricardo Reis – Fernando Pessoa
517. O inverno da nossa desesperança – Steinbeck
518. Piratas do Tietê (1) – Laerte
519. Rê Bordosa: do começo ao fim – Angeli
520. O Harlem é escuro – Chester Himes
521. Café-da-manhã dos campeões – Kurt Vonnegut
522. Eugénie Grandet – Balzac
523. O último magnata – F. Scott Fitzgerald
524. Carol – Patricia Highsmith
525. 100 receitas de patisseria – Sílvio Lancellotti
526. O fator humano – Graham Greene
527. Tristessa – Jack Kerouac
528. O diamante do tamanho do Ritz – F. Scott Fitzgerald
529. As melhores histórias de Sherlock Holmes – Arthur Conan Doyle
530. Cartas a um jovem poeta – Rilke
531(20). Memórias de Maigret – Simenon
532(4). O misterioso sr. Quin – Agatha Christie
533. Os analectos – Confúcio
534(21). Maigret e os homens de bem – Simenon
535(22). O medo de Maigret – Simenon
536. Ascensão e queda de César Birotteau – Balzac
537. Sexta-feira negra – David Goodis
538. Ora bolas – O humor de Mario Quintana – Juarez Fonseca
539. Longe daqui aqui mesmo – Antonio Bivar
540(5). É fácil matar – Agatha Christie
541. O pai Goriot – Balzac
542. Brasil, um país do futuro – Stefan Zweig
543. O processo – Kafka
544. O melhor de Hagar 4 – Dik Browne
545(6). Por que não pediram a Evans? – Agatha Christie
546. Fanny Hill – John Cleland
547. O gato por dentro – William S. Burroughs
548. Sobre a brevidade da vida – Sêneca
549. Geraldão (1) – Glauco
550. Piratas do Tietê (2) – Laerte
551. Pagando o pato – Ciça
552. Garfield de bom humor (6) – Jim Davis
553. Conhece o Mário? vol.1 – Santiago
554. Radicci 6 – Iotti
555. Os subterrâneos – Jack Kerouac
556(1). Balzac – François Taillandier
557(2). Modigliani – Christian Parisot
558(3). Kafka – Gérard-Georges Lemaire
559(4). Júlio César – Joël Schmidt
560. Receitas da família – J. A. Pinheiro Machado
561. Boas maneiras à mesa – Celia Ribeiro
562(9). Filhos sadios, pais felizes – R. Pagnoncelli
563(10). Fatos & mitos – Dr. Fernando Lucchese
564. Ménage à trois – Paula Taitelbaum
565. Mulheres! – David Coimbra
566. Poemas de Álvaro de Campos – Fernando Pessoa
567. Medo e outras histórias – Stefan Zweig
568. Snoopy e sua turma (1) – Schulz
569. Piadas para sempre (1) – Visconde da Casa Verde
570. O alvo móvel – Ross Macdonald
571. O melhor do Recruta Zero (2) – Mort Walker
572. Um sonho americano – Norman Mailer
573. Os broncos também amam – Angeli
574. Crônica de um amor louco – Bukowski
575(5). Freud – René Major e Chantal Talagrand
576(6). Picasso – Gilles Plazy
577(7). Gandhi – Christine Jordis
578. A tumba – H. P. Lovecraft
579. O príncipe e o mendigo – Mark Twain
580. Garfield, um charme de gato (7) – Jim Davis
581. Ilusões perdidas – Balzac
582. Esplendores e misérias das cortesãs – Balzac
583. Walter Ego – Angeli
584. Striptiras (1) – Laerte
585. Fagundes: um puxa-saco de mão cheia – Laerte
586. Depois do último trem – Josué Guimarães
587. Ricardo III – Shakespeare
588. Dona Anja – Josué Guimarães
589. 24 horas na vida de uma mulher – Stefan Zweig
590. O terceiro homem – Graham Greene
591. Mulher no escuro – Dashiell Hammett
592. No que acredito – Bertrand Russell
593. Odisséia (1): Telemaquia – Homero
594. O cavalo cego – Josué Guimarães
595. Henrique V – Shakespeare
596. Fabulário geral do delírio cotidiano – Bukowski

597. **Tiros na noite 1: A mulher do bandido** – Dashiell Hammett
598. **Snoopy em Feliz Dia dos Namorados! (2)** – Schulz
599. **Mas não se matam cavalos?** – Horace McCoy
600. **Crime e castigo** – Dostoiévski
601(7). **Mistério no Caribe** – Agatha Christie
602. **Odisséia (2): Regresso** – Homero
603. **Piadas para sempre (2)** – Visconde da Casa Verde
604. **À sombra do vulcão** – Malcolm Lowry
605(8). **Kerouac** – Yves Buin
606. **E agora são cinzas** – Angeli
607. **As mil e uma noites** – Paulo Caruso
608. **Um assassino entre nós** – Ruth Rendell
609. **Crack-up** – F. Scott Fitzgerald
610. **Do amor** – Stendhal
611. **Cartas do Yage** – William Burroughs e Allen Ginsberg
612. **Striptiras (2)** – Laerte
613. **Henry & June** – Anaïs Nin
614. **A piscina mortal** – Ross Macdonald
615. **Geraldão (2)** – Glauco
616. **Tempo de delicadeza** – A. R. de Sant'Anna
617. **Tiros na noite 2: Medo de tiro** – Dashiell Hammett
618. **Snoopy em Assim é a vida, Charlie Brown! (3)** – Schulz
619. **1954 – Um tiro no coração** – Hélio Silva
620. **Sobre a inspiração poética (Íon)** e ... – Platão
621. **Garfield e seus amigos (8)** – Jim Davis
622. **Odisséia (3): Ítaca** – Homero
623. **A louca matança** – Chester Himes
624. **Factótum** – Bukowski
625. **Guerra e Paz: volume 1** – Tolstói
626. **Guerra e Paz: volume 2** – Tolstói
627. **Guerra e Paz: volume 3** – Tolstói
628. **Guerra e Paz: volume 4** – Tolstói
629(9). **Shakespeare** – Claude Mourthé
630. **Bem está o que bem acaba** – Shakespeare
631. **O contrato social** – Rousseau
632. **Geração Beat** – Jack Kerouac
633. **Snoopy: É Natal! (4)** – Charles Schulz
634(8). **Testemunha da acusação** – Agatha Christie
635. **Um elefante no caos** – Millôr Fernandes
636. **Guia de leitura (100 autores que você precisa ler)** – Organização de Léa Masina
637. **Pistoleiros também mandam flores** – David Coimbra
638. **O prazer das palavras** – vol. 1 – Cláudio Moreno
639. **O prazer das palavras** – vol. 2 – Cláudio Moreno
640. **Novíssimo testamento: com Deus e o diabo, a dupla da criação** – Iotti
641. **Literatura Brasileira: modos de usar** – Luís Augusto Fischer
642. **Dicionário de Porto-Alegrês** – Luís A. Fischer
643. **Clô Dias & Noites** – Sérgio Jockymann
644. **Memorial de Isla Negra** – Pablo Neruda
645. **Um homem extraordinário e outras histórias** – Tchékhov
646. **Ana sem terra** – Alcy Cheuiche
647. **Adultérios** – Woody Allen
648. **Para sempre ou nunca mais** – R. Chandler
649. **Nosso homem em Havana** – Graham Greene
650. **Dicionário Caldas Aulete de Bolso**
651. **Snoopy: Posso fazer uma pergunta, professora? (5)** – Charles Schulz
652(10). **Luís XVI** – Bernard Vincent
653. **O mercador de Veneza** – Shakespeare
654. **Cancioneiro** – Fernando Pessoa
655. **Non-Stop** – Martha Medeiros
656. **Carpinteiros, levantem bem alto a cumeeira & Seymour, uma apresentação** – J.D.Salinger
657. **Ensaios céticos** – Bertrand Russell
658. **O melhor de Hagar 5** – Dik e Chris Browne
659. **Primeiro amor** – Ivan Turguêniev
660. **A trégua** – Mario Benedetti
661. **Um parque de diversões da cabeça** – Lawrence Ferlinghetti
662. **Aprendendo a viver** – Sêneca
663. **Garfield, um gato em apuros (9)** – Jim Davis
664. **Dilbert 1** – Scott Adams
665. **Dicionário de dificuldades** – Domingos Paschoal Cegalla
666. **A imaginação** – Jean-Paul Sartre
667. **O ladrão e os cães** – Naguib Mahfuz
668. **Gramática do português contemporâneo** – Celso Cunha
669. **A volta do parafuso** seguido de **Daisy Miller** – Henry James
670. **Notas do subsolo** – Dostoiévski
671. **Abobrinhas da Brasilônia** – Glauco
672. **Geraldão (3)** – Glauco
673. **Piadas para sempre (3)** – Visconde da Casa Verde
674. **Duas viagens ao Brasil** – Hans Staden
675. **Bandeira de bolso** – Manuel Bandeira
676. **A arte da guerra** – Maquiavel
677. **Além do bem e do mal** – Nietzsche
678. **O coronel Chabert** seguido de **A mulher abandonada** – Balzac
679. **O sorriso de marfim** – Ross Macdonald
680. **100 receitas de pescados** – Silvio Lancellotti
681. **O juiz e seu carrasco** – Friedrich Dürrenmatt
682. **Noites brancas** – Dostoiévski
683. **Quadras ao gosto popular** – Fernando Pessoa
684. **Romanceiro da Inconfidência** – Cecília Meireles
685. **Kaos** – Millôr Fernandes
686. **A pele de onagro** – Balzac
687. **As ligações perigosas** – Choderlos de Laclos
688. **Dicionário de matemática** – Luiz Fernandes Cardoso
689. **Os Lusíadas** – Luís Vaz de Camões
690(11). **Átila** – Éric Deschodt
691. **Um jeito tranqüilo de matar** – Chester Himes
692. **A felicidade conjugal** seguido de **O diabo** – Tolstói
693. **Viagem de um naturalista ao redor do mundo** – vol. 1 – Charles Darwin
694. **Viagem de um naturalista ao redor do mundo** – vol. 2 – Charles Darwin
695. **Memórias da casa dos mortos** – Dostoiévski
696. **A Celestina** – Fernando de Rojas
697. **Snoopy: Como você é azarado, Charlie Brown! (6)** – Charles Schulz
698. **Dez (quase) amores** – Claudia Tajes

699(9).**Poirot sempre espera** – Agatha Christie
700.**Cecília de bolso** – Cecília Meireles
701.**Apologia de Sócrates** *precedido de* **Êutifron** e *seguido de* **Críton** – Platão
702.**Wood & Stock** – Angeli
703.**Striptiras (3)** – Laerte
704.**Discurso sobre a origem e os fundamentos da desigualdade entre os homens** – Rousseau
705.**Os duelistas** – Joseph Conrad
706.**Dilbert (2)** – Scott Adams
707.**Viver e escrever** (vol. 1) – Edla van Steen
708.**Viver e escrever** (vol. 2) – Edla van Steen
709.**Viver e escrever** (vol. 3) – Edla van Steen
710(10).**A teia da aranha** – Agatha Christie
711.**O banquete** – Platão
712.**Os belos e malditos** – F. Scott Fitzgerald
713.**Libelo contra a arte moderna** – Salvador Dalí
714.**Akropolis** – Valerio Massimo Manfredi
715.**Devoradores de mortos** – Michael Crichton
716.**Sob o sol da Toscana** – Frances Mayes
717.**Batom na cueca** – Nani
718.**Vida dura** – Claudia Tajes
719.**Carne trêmula** – Ruth Rendell
720.**Cris, a fera** – David Coimbra
721.**O anticristo** – Nietzsche
722.**Como um romance** – Daniel Pennac
723.**Emboscada no Forte Bragg** – Tom Wolfe
724.**Assédio sexual** – Michael Crichton
725.**O espírito do Zen** – Alan W. Watts
726.**Um bonde chamado desejo** – Tennessee Williams
727.**Como gostais** *seguido de* **Conto de inverno** – Shakespeare
728.**Tratado sobre a tolerância** – Voltaire
729.**Snoopy: Doces ou travessuras? (7)** – Charles Schulz
730.**Cardápios do Anonymus Gourmet** – J.A. Pinheiro Machado
731.**100 receitas com lata** – J.A. Pinheiro Machado
732.**Conhece o Mário?** vol.2 – Santiago
733.**Dilbert (3)** – Scott Adams
734.**História de um louco amor** *seguido de* **Passado amor** – Horacio Quiroga
735(11).**Sexo: muito prazer** – Laura Meyer da Silva
736(12).**Para entender o adolescente** – Dr. Ronald Pagnoncelli
737(13).**Desembarcando a tristeza** – Dr. Fernando Lucchese
738.**Poirot e o mistério da arca espanhola & outras histórias** – Agatha Christie
739.**A última legião** – Valerio Massimo Manfredi
740.**As virgens suicidas** – Jeffrey Eugenides
741.**Sol nascente** – Michael Crichton
742.**Duzentos ladrões** – Dalton Trevisan
743.**Os devaneios do caminhante solitário** – Rousseau
744.**Garfield, o rei da preguiça (10)** – Jim Davis
745.**Os magnatas** – Charles R. Morris
746.**Pulp** – Charles Bukowski
747.**Enquanto agonizo** – William Faulkner
748.**Aline: viciada em sexo (3)** – Adão Iturrusgarai
749.**A dama do cachorrinho** – Anton Tchékhov
750.**Tito Andrônico** – Shakespeare
751.**Antologia poética** – Anna Akhmátova
752.**O melhor de Hagar 6** – Dik e Chris Browne
753(12).**Michelangelo** – Nadine Sautel
754.**Dilbert (4)** – Scott Adams
755.**O jardim das cerejeiras** *seguido de* **Tio Vânia** – Tchékhov
756.**Geração Beat** – Claudio Willer
757.**Santos Dumont** – Alcy Cheuiche
758.**Budismo** – Claude B. Levenson
759.**Cleópatra** – Christian-Georges Schwentzel
760.**Revolução Francesa** – Frédéric Bluche, Stéphane Rials e Jean Tulard
761.**A crise de 1929** – Bernard Gazier
762.**Sigmund Freud** – Edson Sousa e Paulo Endo
763.**Império Romano** – Patrick Le Roux
764.**Cruzadas** – Cécile Morrisson
765.**O mistério do Trem Azul** – Agatha Christie
766.**Os escrúpulos de Maigret** – Simenon
767.**Maigret se diverte** – Simenon
768.**Senso comum** – Thomas Paine
769.**O parque dos dinossauros** – Michael Crichton
770.**Trilogia da paixão** – Goethe
771.**A simples arte de matar** (vol.1) – R. Chandler
772.**A simples arte de matar** (vol.2) – R. Chandler
773.**Snoopy: No mundo da lua! (8)** – Charles Schulz
774.**Os Quatro Grandes** – Agatha Christie
775.**Um brinde de cianureto** – Agatha Christie
776.**Súplicas atendidas** – Truman Capote
777.**Ainda restam aveleiras** – Simenon
778.**Maigret e o ladrão preguiçoso** – Simenon
779.**A viúva imortal** – Millôr Fernandes
780.**Cabala** – Roland Goetschel
781.**Capitalismo** – Claude Jessua
782.**Mitologia grega** – Pierre Grimal
783.**Economia: 100 palavras-chave** – Jean-Paul Betbèze
784.**Marxismo** – Henri Lefebvre
785.**Punição para a inocência** – Agatha Christie
786.**A extravagância do morto** – Agatha Christie
787(13).**Cézanne** – Bernard Fauconnier
788.**A identidade Bourne** – Robert Ludlum
789.**Da tranquilidade da alma** – Sêneca
790.**Um artista da fome** *seguido de* **Na colônia penal e outras histórias** – Kafka
791.**Histórias de fantasmas** – Charles Dickens
792.**A louca de Maigret** – Simenon
793.**O amigo de infância de Maigret** – Simenon
794.**O revólver de Maigret** – Simenon
795.**A fuga do sr. Monde** – Simenon
796.**O Uraguai** – Basílio da Gama
797.**A mão misteriosa** – Agatha Christie
798.**Testemunha ocular do crime** – Agatha Christie
799.**Crepúsculo dos ídolos** – Friedrich Nietzsche
800.**Maigret e o negociante de vinhos** – Simenon
801.**Maigret e o mendigo** – Simenon
802.**O grande golpe** – Dashiell Hammett
803.**Humor barra pesada** – Nani
804.**Vinho** – Jean-François Gautier
805.**Egito Antigo** – Sophie Desplancques
806(14).**Baudelaire** – Jean-Baptiste Baronian
807.**Caminho da sabedoria, caminho da paz** – Dalai Lama e Felizitas von Schönborn
808.**Senhor e servo e outras histórias** – Tolstói
809.**Os cadernos de Malte Laurids Brigge** – Rilke

810. Dilbert (5) – Scott Adams
811. Big Sur – Jack Kerouac
812. Seguindo a correnteza – Agatha Christie
813. O álibi – Sandra Brown
814. Montanha-russa – Martha Medeiros
815. Coisas da vida – Martha Medeiros
816. A cantada infalível *seguido de* A mulher do centroavante – David Coimbra
817. Maigret e os crimes do cais – Simenon
818. Sinal vermelho – Simenon
819. Snoopy: Pausa para a soneca (9) – Charles Schulz
820. De pernas pro ar – Eduardo Galeano
821. Tragédias gregas – Pascal Thiercy
822. Existencialismo – Jacques Colette
823. Nietzsche – Jean Granier
824. Amar ou depender? – Walter Riso
825. Darmapada: A doutrina budista em versos
826. J'Accuse...! – a verdade em marcha – Zola
827. Os crimes ABC – Agatha Christie
828. Um gato entre os pombos – Agatha Christie
829. Maigret e o sumiço do sr. Charles – Simenon
830. Maigret e a morte do jogador – Simenon
831. Dicionário de teatro – Luiz Paulo Vasconcellos
832. Cartas extraviadas – Martha Medeiros
833. A longa viagem de prazer – J. J. Morosoli
834. Receitas fáceis – J. A. Pinheiro Machado
835. (14). Mais fatos & mitos – Dr. Fernando Lucchese
836. (15). Boa viagem! – Dr. Fernando Lucchese
837. Aline: Finalmente nua!!! (4) – Adão Iturrusgarai
838. Mônica tem uma novidade! – Mauricio de Sousa
839. Cebolinha em apuros! – Mauricio de Sousa
840. Sócios no crime – Agatha Christie
841. Bocas do tempo – Eduardo Galeano
842. Orgulho e preconceito – Jane Austen
843. Impressionismo – Dominique Lobstein
844. Escrita chinesa – Viviane Alleton
845. Paris: uma história – Yvan Combeau
846. (15). Van Gogh – David Haziot
847. Maigret e o corpo sem cabeça – Simenon
848. Portal do destino – Agatha Christie
849. O futuro de uma ilusão – Freud
850. O mal-estar na cultura – Freud
851. Maigret e o matador – Simenon
852. Maigret e o fantasma – Simenon
853. Um crime adormecido – Agatha Christie
854. Satori em Paris – Jack Kerouac
855. Medo e delírio em Las Vegas – Hunter Thompson
856. Um negócio fracassado e outros contos de humor – Tchékhov
857. Mônica está de férias! – Mauricio de Sousa
858. De quem é esse coelho? – Mauricio de Sousa
859. O burgomestre de Furnes – Simenon
860. O mistério Sittaford – Agatha Christie
861. Manhã transfigurada – L. A. de Assis Brasil
862. Alexandre, o Grande – Pierre Briant
863. Jesus – Charles Perrot
864. Islã – Paul Balta
865. Guerra da Secessão – Farid Ameur
866. Um rio que vem da Grécia – Cláudio Moreno
867. Maigret e os colegas americanos – Simenon
868. Assassinato na casa do pastor – Agatha Christie
869. Manual do líder – Napoleão Bonaparte
870. (16). Billie Holiday – Sylvia Fol
871. Bidu arrasando! – Mauricio de Sousa
872. Desventuras em família – Mauricio de Sousa
873. Liberty Bar – Simenon
874. E no final a morte – Agatha Christie
875. Guia prático do Português correto – vol. 4 – Cláudio Moreno
876. Dilbert (6) – Scott Adams
877. (17). Leonardo da Vinci – Sophie Chauveau
878. Bella Toscana – Frances Mayes
879. A arte da ficção – David Lodge
880. Striptiras (4) – Laerte
881. Skrotinhos – Angeli
882. Depois do funeral – Agatha Christie
883. Radicci 7 – Iotti
884. Walden – H. D. Thoreau
885. Lincoln – Allen C. Guelzo
886. Primeira Guerra Mundial – Michael Howard
887. A linha de sombra – Joseph Conrad
888. O amor é um cão dos diabos – Bukowski
889. Maigret sai em viagem – Simenon
890. Despertar: uma vida de Buda – Jack Kerouac
891. (18). Albert Einstein – Laurent Seksik
892. Hell's Angels – Hunter Thompson
893. Ausência na primavera – Agatha Christie
894. Dilbert (7) – Scott Adams
895. Ao sul de lugar nenhum – Bukowski
896. Maquiavel – Quentin Skinner
897. Sócrates – C.C.W. Taylor
898. A casa do canal – Simenon
899. O Natal de Poirot – Agatha Christie
900. As veias abertas da América Latina – Eduardo Galeano
901. Snoopy: Sempre alerta! (10) – Charles Schulz
902. Chico Bento: Plantando confusão – Mauricio de Sousa
903. Penadinho: Quem é morto sempre aparece – Mauricio de Sousa
904. A vida sexual da mulher feia – Claudia Tajes
905. 100 segredos de liquidificador – José Antonio Pinheiro Machado
906. Sexo muito prazer 2 – Laura Meyer da Silva
907. Os nascimentos – Eduardo Galeano
908. As caras e as máscaras – Eduardo Galeano
909. O século do vento – Eduardo Galeano
910. Poirot perde uma cliente – Agatha Christie
911. Cérebro – Michael O'Shea
912. O escaravelho de ouro e outras histórias – Edgar Allan Poe
913. Piadas para sempre (4) – Visconde da Casa Verde
914. 100 receitas de massas light – Helena Tonetto
915. (19). Oscar Wilde – Daniel Salvatore Schiffer
916. Uma breve história do mundo – H. G. Wells
917. A Casa do Penhasco – Agatha Christie
918. Maigret e o finado sr. Gallet – Simenon
919. John M. Keynes – Bernard Gazier
920. (20). Virginia Woolf – Alexandra Lemasson
921. Peter e Wendy *seguido de* Peter Pan em Kensington Gardens – J. M. Barrie
922. Aline: numas de colegial (5) – Adão Iturrusgarai
923. Uma dose mortal – Agatha Christie
924. Os trabalhos de Hércules – Agatha Christie

925. **Maigret na escola** – Simenon
926. **Kant** – Roger Scruton
927. **A inocência do Padre Brown** – G.K. Chesterton
928. **Casa Velha** – Machado de Assis
929. **Marcas de nascença** – Nancy Huston
930. **Aulete de bolso**
931. **Hora Zero** – Agatha Christie
932. **Morte na Mesopotâmia** – Agatha Christie
933. **Um crime na Holanda** – Simenon
934. **Nem te conto, João** – Dalton Trevisan
935. **As aventuras de Huckleberry Finn** – Mark Twain
936.(21).**Marilyn Monroe** – Anne Plantagenet
937. **China moderna** – Rana Mitter
938. **Dinossauros** – David Norman
939. **Louca por homem** – Claudia Tajes
940. **Amores de alto risco** – Walter Riso
941. **Jogo de damas** – David Coimbra
942. **Filha é filha** – Agatha Christie
943. **M ou N?** – Agatha Christie
944. **Maigret se defende** – Simenon
945. **Bidu: diversão em dobro!** – Mauricio de Sousa
946. **Fogo** – Anaïs Nin
947. **Rum: diário de um jornalista bêbado** – Hunter Thompson
948. **Persuasão** – Jane Austen
949. **Lágrimas na chuva** – Sergio Faraco
950. **Mulheres** – Bukowski
951. **Um pressentimento funesto** – Agatha Christie
952. **Cartas na mesa** – Agatha Christie
953. **Maigret em Vichy** – Simenon
954. **O lobo do mar** – Jack London
955. **Os gatos** – Patricia Highsmith
956.(22).**Jesus** – Christiane Rancé
957. **História da medicina** – William Bynum
958. **O Morro dos Ventos Uivantes** – Emily Brontë
959. **A filosofia na era trágica dos gregos** – Nietzsche
960. **Os treze problemas** – Agatha Christie
961. **A massagista japonesa** – Moacyr Scliar
962. **A taberna dos dois tostões** – Simenon
963. **Humor do miserê** – Nani
964. **Todo o mundo tem dúvida, inclusive você** – Édison de Oliveira
965. **A dama do Bar Nevada** – Sergio Faraco
966. **O Smurf Repórter** – Peyo
967. **O Bebê Smurf** – Peyo
968. **Maigret e os flamengos** – Simenon
969. **O psicopata americano** – Bret Easton Ellis
970. **Ensaios de amor** – Alain de Botton
971. **O grande Gatsby** – F. Scott Fitzgerald
972. **Por que não sou cristão** – Bertrand Russell
973. **A Casa Torta** – Agatha Christie
974. **Encontro com a morte** – Agatha Christie
975.(23).**Rimbaud** – Jean-Baptiste Baronian
976. **Cartas na rua** – Bukowski
977. **Memória** – Jonathan K. Foster
978. **A abadia de Northanger** – Jane Austen
979. **As pernas de Úrsula** – Claudia Tajes
980. **Retrato inacabado** – Agatha Christie
981. **Solanin (1)** – Inio Asano
982. **Solanin (2)** – Inio Asano
983. **Aventuras de menino** – Mitsuru Adachi
984.(16).**Fatos & mitos sobre sua alimentação** – Dr. Fernando Lucchese
985. **Teoria quântica** – John Polkinghorne
986. **O eterno marido** – Fiódor Dostoiévski
987. **Um safado em Dublin** – J. P. Donleavy
988. **Mirinha** – Dalton Trevisan
989. **Akhenaton e Nefertiti** – Carmen Seganfredo e A. S. Franchini
990. **On the Road – o manuscrito original** – Jack Kerouac
991. **Relatividade** – Russell Stannard
992. **Abaixo de zero** – Bret Easton Ellis
993.(24).**Andy Warhol** – Mériam Korichi
994. **Maigret** – Simenon
995. **Os últimos casos de Miss Marple** – Agatha Christie
996. **Nico Demo** – Mauricio de Sousa
997. **Maigret e a mulher do ladrão** – Simenon
998. **Rousseau** – Robert Wokler
999. **Noite sem fim** – Agatha Christie
1000. **Diários de Andy Warhol (1)** – Editado por Pat Hackett
1001. **Diários de Andy Warhol (2)** – Editado por Pat Hackett
1002. **Cartier-Bresson: o olhar do século** – Pierre Assouline
1003. **As melhores histórias da mitologia: vol. 1** – A.S. Franchini e Carmen Seganfredo
1004. **As melhores histórias da mitologia: vol. 2** – A.S. Franchini e Carmen Seganfredo
1005. **Assassinato no beco** – Agatha Christie
1006. **Convite para um homicídio** – Agatha Christie
1007. **Um fracasso de Maigret** – Simenon
1008. **História da vida** – Michael J. Benton
1009. **Jung** – Anthony Stevens
1010. **Arsène Lupin, ladrão de casaca** – Maurice Leblanc
1011. **Dublinenses** – James Joyce
1012. **120 tirinhas da Turma da Mônica** – Mauricio de Sousa
1013. **Antologia poética** – Fernando Pessoa
1014. **A aventura de um cliente ilustre** *seguido de* **O último adeus de Sherlock Holmes** – Sir Arthur Conan Doyle
1015. **Cenas de Nova York** – Jack Kerouac
1016. **A corista** – Anton Tchékhov
1017. **O diabo** – Leon Tolstói
1018. **Fábulas chinesas** – Sérgio Capparelli e Márcia Schmaltz
1019. **O gato do Brasil** – Sir Arthur Conan Doyle
1020. **Missa do Galo** – Machado de Assis
1021. **O mistério de Marie Rogêt** – Edgar Allan Poe
1022. **A mulher mais linda da cidade** – Bukowski
1023. **O retrato** – Nicolai Gogol
1024. **O conflito** – Agatha Christie
1025. **Os primeiros casos de Poirot** – Agatha Christie
1026. **Maigret e o cliente de sábado** – Simenon
1027.(25).**Beethoven** – Bernard Fauconnier
1028. **Platão** – Julia Annas
1029. **Cleo e Daniel** – Roberto Freire
1030. **Til** – José de Alencar
1031. **Viagens na minha terra** – Almeida Garrett
1032. **Profissões para mulheres e outros artigos feministas** – Virginia Woolf
1033. **Mrs. Dalloway** – Virginia Woolf

1034. O cão da morte – Agatha Christie
1035. Tragédia em três atos – Agatha Christie
1036. Maigret hesita – Simenon
1037. O fantasma da Ópera – Gaston Leroux
1038. Evolução – Brian e Deborah Charlesworth
1039. Medida por medida – Shakespeare
1040. Razão e sentimento – Jane Austen
1041. A obra-prima ignorada *seguido de* Um episódio durante o Terror – Balzac
1042. A fugitiva – Anaïs Nin
1043. As grandes histórias da mitologia greco-romana – A. S. Franchini
1044. O corno de si mesmo & outras historietas – Marquês de Sade
1045. Da felicidade *seguido de* Da vida retirada – Sêneca
1046. O horror em Red Hook e outras histórias – H. P. Lovecraft
1047. Noite em claro – Martha Medeiros
1048. Poemas clássicos chineses – Li Bai, Du Fu e Wang Wei
1049. A terceira moça – Agatha Christie
1050. Um destino ignorado – Agatha Christie
1051.(26). Buda – Sophie Royer
1052. Guerra Fria – Robert J. McMahon
1053. Simons's Cat: as aventuras de um gato travesso e comilão – vol. 1 – Simon Tofield
1054. Simons's Cat: as aventuras de um gato travesso e comilão – vol. 2 – Simon Tofield
1055. Só as mulheres e as baratas sobreviverão – Claudia Tajes
1056. Maigret e o ministro – Simenon
1057. Pré-história – Chris Gosden
1058. Pintou sujeira! – Mauricio de Sousa
1059. Contos de Mamãe Gansa – Charles Perrault
1060. A interpretação dos sonhos: vol. 1 – Freud
1061. A interpretação dos sonhos: vol. 2 – Freud
1062. Frufru Rataplã Dolores – Dalton Trevisan
1063. As melhores histórias da mitologia egípcia – Carmem Seganfredo e A.S. Franchini
1064. Infância. Adolescência. Juventude – Tolstói
1065. As consolações da filosofia – Alain de Botton
1066. Diários de Jack Kerouac – 1947-1954
1067. Revolução Francesa – vol. 1 – Max Gallo
1068. Revolução Francesa – vol. 2 – Max Gallo
1069. O detetive Parker Pyne – Agatha Christie
1070. Memórias do esquecimento – Flávio Tavares
1071. Drogas – Leslie Iversen
1072. Manual de ecologia (vol.2) – J. Lutzenberger
1073. Como andar no labirinto – Affonso Romano de Sant'Anna
1074. A orquídea e o serial killer – Juremir Machado da Silva
1075. Amor nos tempos de fúria – Lawrence Ferlinghetti
1076. A aventura do pudim de Natal – Agatha Christie
1077. Maigret no Picratt's – Simenon
1078. Amores que matam – Patricia Faur
1079. Histórias de pescador – Mauricio de Sousa
1080. Pedaços de um caderno manchado de vinho – Bukowski
1081. A ferro e fogo: tempo de solidão (vol.1) – Josué Guimarães
1082. A ferro e fogo: tempo de guerra (vol.2) – Josué Guimarães
1083. Carta a meu juiz – Simenon
1084.(17). Desembarcando o Alzheimer – Dr. Fernando Lucchese e Dra. Ana Hartmann
1085. A maldição do espelho – Agatha Christie
1086. Uma breve história da filosofia – Nigel Warburton
1087. Uma confidência de Maigret – Simenon
1088. Heróis da História – Will Durant
1089. Concerto campestre – L. A. de Assis Brasil
1090. Morte nas nuvens – Agatha Christie
1091. Maigret no tribunal – Simenon
1092. Aventura em Bagdá – Agatha Christie
1093. O cavalo amarelo – Agatha Christie
1094. O método de interpretação dos sonhos – Freud
1095. Sonetos de amor e desamor – Vários
1096. 120 tirinhas do Dilbert – Scott Adams
1097. 124 fábulas de Esopo
1098. O curioso caso de Benjamin Button – F. Scott Fitzgerald
1099. Piadas para sempre: uma antologia para morrer de rir – Visconde da Casa Verde
1100. Hamlet (Mangá) – Shakespeare
1101. A arte da guerra (Mangá) – Sun Tzu
1102. Maigret na pensão – Simenon
1103. Meu amigo Maigret – Simenon
1104. As melhores histórias da Bíblia (vol.1) – A. S. Franchini e Carmen Seganfredo
1105. As melhores histórias da Bíblia (vol.2) – A. S. Franchini e Carmen Seganfredo
1106. Psicologia das massas e análise do eu – Freud
1107. Guerra Civil Espanhola – Helen Graham
1108. A autoestrada do sul e outras histórias – Julio Cortázar
1109. O mistério dos sete relógios – Agatha Christie
1110. Peanuts: Ninguém gosta de mim... (amor) – Charles Schulz
1111. Cadê o bolo? – Mauricio de Sousa
1112. O filósofo ignorante – Voltaire
1113. Totem e tabu – Freud
1114. Filosofia pré-socrática – Catherine Osborne
1115. Desejo de status – Alain de Botton
1116. Maigret e o informante – Simenon
1117. Peanuts: 120 tirinhas – Charles Schulz
1118. Passageiro para Frankfurt – Agatha Christie
1119. Maigret se irrita – Simenon
1120. Kill All Enemies – Melvin Burgess
1121. A morte da sra. McGinty – Agatha Christie
1122. Revolução Russa – S. A. Smith
1123. Até você, Capitu? – Dalton Trevisan
1124. O grande Gatsby (Mangá) – F. S. Fitzgerald
1125. Assim falou Zaratustra (Mangá) – Nietzsche
1126. Peanuts: É para isso que servem os amigos (amizade) – Charles Schulz
1127.(27). Nietzsche – Dorian Astor
1128. Bidu: Hora do banho – Mauricio de Sousa
1129. O melhor do Macanudo Taurino – Santiago
1130. Radicci 30 anos – Iotti
1131. Show de sabores – J.A. Pinheiro Machado
1132. O prazer das palavras – vol. 3 – Cláudio Moreno